KB183262

눈에 덜 띄는

이원 산문

눈에 덜 띄는

마음산책

눈에 덜 띄는

1판 1쇄 발행	2024년 11월 5일
1판 2쇄 발행	2025년 1월 5일

지은이	이원
펴낸이	정은숙
펴낸곳	마음산책

담당 편집	이하나
담당 디자인	오세라
담당 마케팅	권혁준 · 최예린
경영지원	박지혜

등록	2000년 7월 28일(제2000-000237호)
주소	(우04043) 서울시 마포구 잔다리로3안길 20
전화	대표	362-1452 편집	362-1451 팩스	362-1455
홈페이지	www.maumsan.com
블로그	blog.naver.com/maumsanchaek
트위터	twitter.com/maumsanchaek
페이스북	facebook.com/maumsan
인스타그램	instagram.com/maumsanchaek
전자우편	maum@maumsan.com

ISBN	978-89-6090-900-7 03810

* 책값은 뒤표지에 있습니다.

대체로 날 보지 않기를 바랐다.

어쩌면 당신이 날 볼 거다.
나를 찾길 잘했다고 여길 만큼
아름다운 무언가를 만들 거다.

시집은 서점에서 가장 눈에 덜 띄는 매대에 놓이곤 한다.
눈에 덜 띄는 것들은 비밀을 품고 있다. 비밀을 배우고 싶은
사진가들은 한 눈을 감고 다른 눈을 뷰파인더에 댄다.
시인은 같은 장소에서 열 개의 눈을 갖기도 한다.

우리는 서로를 충분히 알아보지 않은 적 있다. 교실에서.
캠퍼스에서. 면접장에서. 오래 알았던 타인들 사이에서.
거울 앞에서. 당신은 눈에 덜 띈 적 있다. 비슷한 누군가를
발견하고 지나친 적 있다.

긴장될 만큼의 시선과 적막한 무관심을 오간다.
그러다 고요가 실바람처럼 나를 드나든다. 그 창가에는
복잡한 열망이 산다. 보이고 싶고. 보이고 싶은데 숨고

싶고. 혼자이길 원하지만 혼자인 게 가끔은 견딜 수 없이 시끄럽다. 나를 먼저 알아주면 좋겠다. 그러다 어떤 날은 갑자기 모두로부터 사라지고 싶다. 나는 뒤엉킨 덤불. 몸이 여러 개로 흩어지는 전신주다.

　비껴가는 시선에 동요한 적 있는 누군가에게 책이 닿길 바란다.
　어쩌면 우리는 몇 개의 비밀을 나눠 갖게 될 거다.

2024년 10월
이훤

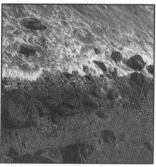

차례

프롤로그   비껴가는 시선 옆에서 9

국경에서   공항 검색대에서 17

                 국경의 이름들 25

                 우주에서 가장 감자적인 인간이 되어 32

                 멀리 가는 친구에게 46

                 내가 잘 안 보인다는 감각 52

                 눈 뜨면 몸과 마음이 텅 비어 있는 63

시간의   왜냐하면 나는 지금 아무런 방어기제가 없다 77
보폭   모든 아침은 밤에서 시작된다 83

                 크고 작은 나의 바다 92

                 숙희와 남희의 영역 99

                 채소 감상문 106

                 낮보다 밤이 길어지기 시작할 때 119

눈에   크고 작은 나의 집 129

덜 띄는   이 집의 질서 140

동네

눈에   좌표를 옮기는 사랑 149

덜 띄는   고요한 밤 거룩한 밤 163

사람   거기 우리가 있었음 172

              엄마 우리 다른 이야기 하자 181

당신은   너무 많은 언어를 이해하는 기계 193

시도 사진도   증언 204

모른다고   텍스트 스피너 216

말하지만   연결과 믿음 227

에필로그   옆에서 바깥들로 237

              사진 목록 240

국경에서

"WHY ARE YOU HERE?"

(왜 이 나라에 오셨나요?)

운전자석 좌우와 화폐와 언어가 바뀌는 곳. 한 세계의 끝과 다른 세계의 시작이 만나는 곳. 그런 곳을 국경이라 부른다.

여행 때문에 왔다고 대답했다.

숨긴 것도 없는데 잘못한 사람처럼 눈치가 보인다.

그 생각이 들킬까 봐 최대한 건조하게 답한다. 건조하면 더 수상할까 봐 갑자기 자신 있는 표정도 지어본다. 나는 공항에 관한 너무 많은 영화를 보았고 거기서 너무 많은 사람이 조사실로 끌려갔다. 오해에 휘말리면 몇 시간씩 갇혀 있던데. 경유 편을 놓치고 말 거다.

어느 주소에 머무느냐고 묻더니, 세 달 이상 체류할
거냐는 질문이 이어진다. 미등록 이주를 의심하는 것 같다.
국가는 한 사람을 들이는 데 지나치게 많은 질문을 한다.
들어서는 자도 국가에게 따져 묻고 싶은 질문이 없는 건
아니다. 입 밖으로 꺼내지 않을 뿐. 짐을 찾기 위해 찜찜한
질문에도 성실히 응한다.

집을 나선 지 스물세 시간 만에 선진국의 국제공항에
도착했다. 이민 생활 17년. 장기 비행이라면 이골이 났고
다시는 안 하기로 했다……. 그러나 살다 보면 비행기를 탈
일이 생긴다. 우리는 비행기를 탈 때나 내릴 때나 자신을 몇
번씩 증명해야 한다. 수속을 마친 자들만 무사히 짐을 찾아
공항을 빠져나갈 수 있다.

인천에서 아내와 내 손을 떠난 짐을 찾으러 간다.

기다란 컨베이어벨트가 흐르고 있다. 타이어의 전생처럼
벨트는 같은 속도로 움직인다. 어디가 시작점인지 분간할
수 없는 그것이 천천히 도는 동안 다른 대륙에서 건너온
사람들은 잠시 초조해진다. 도착한 지 꽤 됐는데 왜 내
가방만 안 나오지. 누락된 건 아닐까. 다른 사람이 집어

가지는 않았겠지.

여행자에게 캐리어는 작은 집이나 다름없다. 의식주를 책임질 물건이 그 안에 가득하다. 비행기가 바다에 추락하는 악몽을 꾸곤 했는데 그 꿈엔 항상 이민 가방이 등장한다. 10년간 쓴 사진기라든지 가장 중요한 노트라든지, 그런 것들이 눈에서 서서히 멀어지는 꿈들이다. 모든 필름과 SD카드……. 재난영화를 볼 때마다 죽어가는 마당에 왜 되돌아가는지 생각하던 나였는데, 아마 어떤 물건은 그 사람의 마지막 얼굴이자 증언이 될 것이다.

컨베이어 위로 마침내 주황 리본을 묶은 가방이 보인다. 배와 허벅지에 힘을 주고 옆구리까지 오는 익숙한 가방들을 내린다. 자세를 낮추고 옮기지 않으면 허리를 다친다.

나는 양손에 두 채의 집을 쥐고 분주하게 굴린다. 반쯤 고장 나서 요란한 소릴 내는 가방에 발맞춰 표지판을 따라간다.

카트가 보인다. THE TRIP YOU'VE DREAMT OF(당신이 꿈꾸던 바로 그 여행)! 광고 문구가 새겨진 카트에 짐을 전부 싣는다. 바퀴가 네 개 달려 있을 뿐인데 순식간에 가벼워진다. 기계공학을 전공했을 즈음, 도대체 왜 누가 운동마찰력 같은 걸 연구했는지, 왜 이렇게 배울 게 많은지 투덜댔던 기억이 있는데 바로 그 사람 덕분에 공항에서 허리를 매번 다치지 않는다. 보은해야 한다. 한 개인의 고통이 때로는 인류 여럿을 구한다.

이제는 수색대만 지나면 된다. 수색대 직원은 건조한 얼굴로 우리 쪽을 보더니 손가락을 두 번 움직인다. 잘못한 학생을 호출하듯이 호흡이 짧다.

그는 가방 안에 씨앗이나 닭 그리고 그 외 불법 육류가 있는지 묻는다. 가방도 무거운데 고기를 들고 다닐 리 없잖아요?라고 말하는 대신 우린 상냥하게 고개 저으며 전혀요,라고 답한다. 긴장하면 평소보다 빠르게 높은 톤으로 말하게 돼서 의식적으로 그러지 않으려 한다. 아무래도 눈치가 보이기 때문이다. 국경에서는 들어가려는 우리보다 통과 여부를 결정하는 그가 훨씬 더 많은 권력을 갖고 있다.

가방을 스캔하던 수색대 직원이 다시 손가락을

까딱한다. 우린 그리로 간다. 직원은 커다랗고 차가운 쇠 책상에 가방을 올리더니 허락 없이 연다. 그리고 팔을 찔러 넣는다. 한 달 가까이 머물고 짐이 많기 때문에 매우 촘촘하게 싸야 했다. 옷가지는 옷가지대로 신발과 전자제품은 따로 정리해야만 겨우 다 들어갔다. 직원은 짐을 싸는 수고에 관심이 없는 사람처럼 난잡하게 헤집으며 모조리 꺼낸다. 김칫소처럼 속옷과 헤드폰과 햇반이 뒤섞인다.

우리가 싸 온 소량의 김치를 발견한 그는 이게 대체 뭐냐고 묻는다.

"김치요." "왜 이렇게 여러 겹으로 포장했나요?" "국물이 샐까 봐요. 냄새가 나거든요." "김치를 왜 가져왔어요?" "한 달 머물 거라서요. 장모님이 싸주셨습니다. 신혼이니까 잘 먹으라고……."

"BAD MOTHER, BAD MOTHER!"

(나쁜 엄마, 나쁜 엄마!)

"네?"

"BAD MOTHER!"

(나쁜 엄마!)

그러더니 그는 말을 이어간다.

"ALSO, GOLDEN CURRY, THIS HAS CHICKEN STOCK IN IT. NOT ALLOWED HERE. WHY DID YOU NOT MENTION IT?"

(그리고 여기 당신이 싸 온 카레 가루, 여기 보면 닭 육수가 0.5프로 함유돼 있어요. 이건 금지 항목이에요. 아까 닭에 대해 물었을 때 왜 대답하지 않았어요?)

일본식 인스턴트 카레를 두고 닭을 가져왔다고 이야기하는 사람이 어디 있냐고 속으로 생각했다. 그리고 미안하다고 했다. 몰랐다고, 정말 미안하다고. 0.5프로도 닭은 닭이라고 판단한 그는 카레를 압수했다. 우리가 썰어 온 사과도 압수했다. 김치가 불법이냐고 거듭 묻고 나서야 김치는 돌려받았다. 수색대 직원은 이 나라에서도 김치를 판다고 했다. 그 김치는 내가 찾는 김치가 아니다.

국경에서는 다양한 종류의 대화가 일어난다. 많은 경우 그 대화는 공항을 빠져나가지 않는다. 수색대 옆

쓰레기통에 버려지거나 비행기 뒤로 지는 해와 함께 잊힌다. 나는 잊지 못해 쓰기로 했지만 그 직원은 아마 잊었을 거다. 그리고 다음 날 비슷한 질문을 반복하며 하나의 거대한 덩어리로서의 경험, 가물가물한 인상만을 남길 것이다. 누군가에게 국경은 덩어리다. 빠르게 분류되는 곳에서 어떤 대화는 생략된다. 김치를 싸준 식구의 마음은 어떤 성분인지, 음식과 언어 앞에서 왜 누군가는 그리 절박해지는지.

아무 일도 없었다는 듯 게이트에 들어선다. 창밖으로 우리 키의 열 배는 돼 보이는 나무가 있다. 거대한 야자수다. 야자수는 보채지 않는다. 아무도 헝클지 않는다.
브라키오사우루스의 목을 올려다보듯 고개를 들며 나는 천천히 그것의 전신을 본다. 하와이의 이미지 영향인지 낙관적이고 아기자기한 식물인 줄 알았는데, 아파트만 한 나무였구나. 이렇게 컸구나. 정말로 큰 것들 앞에 서면 겸허해지고 동시에 명료해진다. 내가 작다는 사실을 외려 잊게 된다. 큰 것들은 저를 뽐내지 않기 때문이다. 진짜 큰 존재들은 작은 존재에게 필요치 않은 위협을 가하지 않는다.

　짐을 내려놓고 바람을 맞으며 눈을 잠시 감는다. 잎이 크고 둥근 줄기가 흔들리며 맞닿는 소리가 바람의 살 끝 같다. 날씨가 만져지는 것 같다. 나무들도 아까보다 더 크게 감각된다. 화산이 폭발하고 용암이 굳으며 만들어진 섬에서 어찌 살아남았니. 어떻게 이 많은 자손을 이루었니. 어떤 존재는 긴 시간 같은 자리를 지켜낸 것만으로, 거기 잘 있는 모습만으로 환대 같다.

　경계에서는 그런 종류의 만남도 일어난다.

　아내와 나는 천천히 자라나는 절취선처럼 다음 체크인을 향해 움직인다.

돌아가지 않을 거라고 다짐했던 나라로 향했다.

 허리춤까지 오는 거대한 짐 가방 세 개를 들고 미국에
이주한 적 있다. 그 시절 나의 이름, 성향, 입맛, 인사
방식과 문장 등 도착한 이후로 많은 걸 지우고 새로 써야
했다. 다시 왔다. 이번엔 둘이다.
 1세계의 언어로 국경을 통과한다. 기를 쓰고 체화한 두
번째 언어이기도 하다.

 국경을 벗어나는 짧은 시간이 어떤 날은 비행보다 더
길게 느껴진다. 공항이라는 공간은 특수한 데가 있다.
특히 국제공항이 그렇다. 지도 끝에 자리하지 않아도 그
나라의 마지막 땅이다. 그곳이 긴 이주의 처음이다. 한

나라가 끝나는 동시에 시작되는 장소는 삼엄함과 슬픔과 연민을 동시에 띤다. 공항을 자주 드나든 사람 안에는 수많은 얼굴이 쌓여 있다.

국경은 약속의 공간이다.

여권, 한 사람에게 부여되는 무게와 그것을 확인하는 저울과 쇠붙이 탐색기, 질문들, 친절하고 또 무서운 질문들. 유효하지 못한 자를 가르는 체계와 환대의 말이 같은 장소에서 흐르므로 우리는 공항에서 조금은 헷갈린 채 돌아온다. 떠나는 사람들도 똑같다. 떠나는 자는 반드시 새 국경으로 들어선다. 땅을 떠난 발은 어디든 결국 다시 딛게 된다. 떠나는 자는 도착하는 자다.

몸속 깊이 남아 있는 선택들을 본다. 그곳에서 나로 존재했던 방식이 그림자처럼 날 따라붙는다. 너무 많이 새로 발명한 나와 그가 관계 맺은 인간들. 짙게 몸에 새겨 나보다 더 나 같은 나를 확인한다. 케이크 깊숙이 들어가 여기저기 흔적을 남기는 일회용 케이크 칼처럼, 나를 다녀간 시간이다. 지금의 나를 만든 것들이다.

공항 바깥에서 기다리던 친구가 우릴 반긴다. 지난 20년간 그는 이 땅에 살았다. 그의 케이크에서는 어떤 것들이 묻어 나올까. 가벼운 허그를 하고 박스에 들어서듯 차에 올라탄다. 우릴 가까운 바다에 데려다줄 예정이다.

거듭 비행하며 도착한 섬은 빅 아일랜드다. 활화산에서 쏟아진 용암이 굳으며 태어난 땅이고 주변 섬에 비해 인구가 적다. 여기 온 이유는 하나다. 아무 생산적인 일도 하지 않기. 산에서 그리고 가까운 바다에서 작업도 미팅도 소통도 떠올리지 않기. 목표는 완전히 꺼지는 거다.

경사 높은 산길을 오르고 또 내려가길 반복한 지 30분째. 마니니 비치가 어렴풋하게 눈에 들어온다. 작고 조용하다. 이렇게 고요한 바다를 와본 적 있던가. 식당도 소음도 부대낌도 하나 없이 거기, 거의 원형 그대로 거기 있는 바다. 내가 가본 적 없는 바다.

"우리가 바다의 집을 잠시 빌리는 것임을 기억해주세요." 입구 표지판을 발견했다. 당신들의 오래된 집에 들어선다. 손님들은 신을 벗고 예의를 차린다. 맨발로 입자가 고운 모래를 밟는 동안 우리는 말없이 먼 데로 시선을 옮긴다.

한때 불타올랐다가 굳어간 마그마가 이룬 산이 바다
건너편에 펼쳐진다.

열 명 남짓한 사람들이 이 거대한 바다를 나눠 쓴다.
모자로 얼굴을 가린 채 누워 있는 할머니. 십대 소녀는
표지가 바랜 두꺼운 소설을 읽고 그 옆에 엄마로 보이는
중년이 개를 만진다. 느리게 수영하는 사람들. 나무들. 돌들.
인간과 인간 아닌 것들. 평소 바다에서 잘 보지 못했던
방식으로 다른 데서 온 사람들이 공존하고 있다. 하나의
풍경 같다기보다 조각난 여러 장의 사진 같다. 야자수는
둘레만으로 나이를 가늠할 수 있다. 가장 가까이 있는
나무 앞으로 간다. 웬만한 기둥보다 굵은 나무를 두 팔로
감싸본다. 다 안을 수 없을 만큼 넓어서 안긴다는 느낌이
든다. 여기서 많은 계절을 보냈음에 틀림없다.

내가 여기 오려고 이 나라로 돌아왔구나. 한때 이곳과
저곳을 오가던 이민자가 생각한다.

맑고 수심이 얕은 저 바다 안으로 들어갈 땐 반드시
보호 신발을 신어야 한다. 칼보다 날카로운 암초에 발을

베이기 쉽다. 아주 깊은 데까지 암초들이 있다. 보이지 않는
데도 누군가 산다. 그곳도 누군가에게 국경이다. 충분히
존중을 표하며 들어서야 한다. 표지판을 보지 않고 뛰어든
사람들은 피를 보기도 한다. 조심히 한 발 한 발 들어서자
물 안에 거주하는 작은 고기와 산호 들이 보인다.

그러나저러나 나는 들어가지 않는다. 이곳에서
하고 싶었던 것은 한자리에서 오직 나무처럼 가만히
반응하기다. 아무 말도 하지 않고 아무 텍스트도 읽지
않고 반응하기. 야자수 이파리들이 서로를 스치며 만드는
그림자 보기. 타국에서 온 대가족이 나누는 대화 엿듣기.
잠이 쏟아지면 눈 감기. 너무 많은 걸 감각하며 살아왔다.
가끔은 덜 듣고 덜 보고 덜 느끼고 싶다.

잠에 들었다 깼다. 사람들은 꽤 많이 떠났고 두어
시간쯤 흐른 것 같다.

바다 건너편으로 보이는 산을 해가 이불처럼 덮는다.
그걸 천천히 본다. 어두워지는 데 몇 시간이 걸리지만
태양이 이불을 놓는 순간은 금방이다. 정신 차려 보면 해는

이미 져 있다.

　어떤 날은 시간이 우릴 두고 혼자 간다. 어떤 날은 함께
가자고 기웃댄다. 그리고 누가 보든 안 보든 이 바다와
돗자리와 우리 안의 케이크들을, 바다 밑 수천 개의
암초를 같은 속도로 통과한다. 시간에 대한 우리 입장은
전부 다르고 그는 그저 우릴 다녀갈 뿐이다. 얼마 만인지
모르겠다. 시간의 흐름을 가만히 지켜본 게. 통과하는
것들을 통과하도록 둔 게.

　우리는 이곳에서 긴 계절을 보낸 사람들처럼 눈을
감았다 뜬다.

　금세 저기 앞서 가는 것들을 바다가 부른다.

시------쉬

시-------------- -------------- ---쉬

시--- --- --- ---쉬

시---------- ----- -------------- -------쉬

시---- -- ---- -- ---- -- ----쉬

내가 아는 이름들이다.

신혼여행으로부터 3년 전

이슬아는 친구이자 동료 작가이며 나의 고용주이기도
하다. 그와 영어 수업을 하기로 했다. 시카고와 파주,
각자의 방에서.

스크린을 켠다. 스크린을 켜면 입이 얄브스름하고 긴
검은 티 포트로 차를 내리는 이슬아가, 과일 요거트를
먹으며 커피를 홀짝이는 이훤을 본다. 이훤은 대체로
이른 아침치고는 과한 옷차림을 하고 있다. 목에 스카프를
두르거나 스웨터를 입고 있을 때도 있다. 팬데믹 탓에 공식
행사나 전시장 외에 거의 아무 데도 가지 않는 자신에게
새 기분을 선물하기 위해 그는 집에서 가끔 벙거지까지도
쓴다.

이슬아는 대체로 편안한 홈 웨어 차림이다.

레트로한 연보라색 바탕에 말들이 늠름하게 달려오는 이미지와 "SNEAK INTO YOUR HEARTS!(너의 심장으로 몰래 스며든다!)"라는 문구가 수놓인 맨투맨이나 원단이 보드라운 파자마를 입고 있기도 한다.

수업은 캐주얼하게 진행된다.

먼저 한국어로 인사하고 수다를 떨다가 옅게 웃으며 티나지 않을 만큼 쑥스러운 표정으로 슬아가 말한다.

"Hey, how are you?"

촬영이 들어가기 전 큐 사인 같은 거다.

수업이 시작되면 두 시간 가까이 영어로만 대화를 나눈다. 그 주 있었던 해프닝과 오늘 본 것들에 대해, 대체로 잘 풀리지 않는 마감에 대해 이야기가 오간다. 골똘해지는 동안 미간에 검지를 얹기도 하고, 여백이 길어질 땐 허공 어딘가를 오래 응시하기도 하면서. 찬찬히 그러나 또박또박 이슬아는 타국어로 입장한다.

마감 노동자로 살며 허리가 아픈 이슬아는 수업하는 동안 앉아 있다가 책상(스탠딩 데스크)을 세워 서 있기도 하고 바닥에 눕기도 하는데, 여러 자세로 만나는 게 오래 만나는 일 같아 좋다.

　궁금했던 단어나 모르는 표현에 대해 슬아가 묻고
이훤이 답한다. 그러다 같은 뜻의 단어가 한국어 안에서
어떻게 생겨났는지 궁금해지면 국어사전을 나란히 찾기도
한다. 돈 받고 시작한 수업이지만 대화가 무척 즐거워서
매주 그 시간이 기다려졌다. 그리고 알게 된다. 동료라
하더라도, 작업하는 글이 아닌 언어에 대해서만 몇 시간씩
함께 궁리하지는 않는다는 사실을. 대화는 매번 세 시간을
훌쩍 넘겨 한국어로 마무리된다.
　월요일 밤아침의 일이다.

　밤아침은 이슬아가 만든 말이다. (이슬아가 밤에 입장할
때 이훤은 아침을 맞는다.) 밤아침이란 단어가 나는 조금
뭉클하다. 둘의 시간을 동시에 호명해주기 때문이다. 두
대륙의 시간은 보통 '여기 한국 8시, 거기 밤 11시'와 같이
나뉘곤 한다. 그런 선택은 우리 시간이 뒤집어져 있음만을
상기한다. 슬아가 처음 밤아침이라 말했을 때 이곳과
그곳의 시간을 나누지 않고 불러주는 것처럼 느껴졌다.

시간은 뒤집어져 있지만 우리가 나란히 존재한다는
안부처럼 다가왔다. 그 제스처와 마음 씀이 고마웠다.

　그럼에도 오늘도 열네 시간 만큼 우리는 멀리 있다.
밤아침에는 시제가 어긋나는 순간이 온다. 이상한
경험이다. 자정이 되면 슬아는 다음 날로 넘어가지만
나는 어제, 더 정확히 말해 어제 아침 9시에 머물고 있는
까닭이다. 2월 4일의 슬아와 2월 3일의 내가 만나는
거다. 둘 다 오늘을 살고 있는데, 실시간으로 대화하고
있는데, 한 사람은 미래를 향해 다른 사람은 과거를 향해
이야기하는 거다. 이상하지 않나. 뒤바뀐 아침과 밤보다
이런 자각이 더 큰 거리감으로 도착할 때가 있다.
　은유의 형태로. 은유를 와락 찢고 나오는 현실로.

　뒤집힌 시간은 특수한 우정을 만든다. 아침과 저녁에만
만날 수 있는 조건에서 시작된다. 새벽까지 깨어 있지 않은
이상 서로의 오후에 동참할 수 없기 때문이다. 물리적으로
만나려면 1년씩 기다려야 하고 즉흥적인 식사도 축하도
위로도 어려운 우정이 된다. 이렇게 쓰니 정말 아무것도

할 수 없는 사이 같다. 그러나 우린 일말의 무력감 없이 이 우정을 잘 해내고 있다. 일상적인 모든 불가능성을 잘 수용하는 우정. 시차 때문에 메시지나 이메일을 보낸 후엔 몇 시간씩 기다리곤 하는데, 새의 다리에 서신을 묶어 보내던 시절의 마음을 가늠해보게 된다. 기다림이 반복되면 그 대상은 조금 더 그리워진다.

10년 넘게 겪은 시차여서 익숙해질 법도 하고 정말 익숙해졌는데 거리감이 누적되다 보면 어느 날 갑자기 혼자 다른 세계에 있다고 느낄 때가 있다. 고립감은 그런 데서 시작된다. 두 시제 사이로 잘려나가는 기분 같은 데서.

만나지 못하는 현실 또한 이민자가 일찌감치 받아들이게 되는 유의 눈물인데, 2020년엔 코비드 때문에 우리 모두 동일한 슬픔에 동참하게 되었다. 그때 나는 이상한 안도감을 느끼기도 했다. 오랫동안 그 슬픔이 혼자만의 몫이고 이해될 수 없을 거라 생각했기 때문이다. 그런 맥락에서 슬아와의 수업은 주기적인 기쁨이었다.

스크린으로라도 친구와 매주 만날 수 있으니까. 만나기로
미리 약속하니까. 번거로운 영어조차 즐거운 일처럼
느껴졌다.

타국어를 배우는 과정은 익숙한 질서를 포기하는
일이다. 세계를 부르는 순서도 리듬도 감각도 달라진다.
무의식보다 의식에 의지해야 한다. 존재하기 위해 조금 더
정성스러워져야 하고, 말하고 듣고 생각하기 위해 더 많은
수고를 치러야 한다.

근데 언어가 원래 조금은 수고스러워야 하는 거 아닌가?

언어는 사람을 불러오는 거의 모든 방식이어서, 발휘하는
언어만큼만 우리가 구현된다. 민첩한 비언어가 해내는
일도 있지만 더 정확하게 성취하는 건 언어니까. 언어만
해낼 수 있는 일이 있으니까. 그리 생각하면 언어 앞에
부지런해지기가 조금 더 쉽다.

내가 모를 때도 나를 움직이는 언어를 계속 찾고

있다고 느낀다. 만났을 땐 본능적으로 움켜쥔다. 그게 타국어든 모국어든. 언어가 곧 우리가 존재하는 방식을 매뉴얼화하는 일이기 때문이다. 지속적으로 언어를 갱신하지 않으면 타인의 언어로 살게 된다. 우리가 물려받은 말들만 보아도 알 수 있다. 내 안에 머물지만 오늘 나와 불화하는 말이 얼마나 많은가. 불온한 마음에서 시작된 말은 또 얼마나 많은가. 솎아내는 일은 중요하다. 정신이 낡지 않기 위해 언어 또한 벼려야 한다.

다시 보기 위해서인 동시에 잘 충만해지기 위함이기도 하다. 거의 모든 명장면은 어떤 형태로든 언어를 거쳐간다. 언어는 우리가 세계에 동참하는 첫 번째 방식이다. 작가에게만 해당되는 이야기는 아닐 것이다.

존재의 매뉴얼을 새로 쓰는 일이므로, 타국어는 수고스러울 수밖에 없다. 샤를마뉴는 "다른 언어를 갖게 되는 건 두 번째 영혼을 갈구하는 일"이라고까지 했다.

슬아와 나는 타국어를 경험하며 그러나 꽤 많은 즐거움을 획득한다. 서툰 말 앞에서 천진해진다.

똘망똘망한 눈으로 "How do you say……?!" 하고
묻는다거나, 기억나지 않아 가려웠던 표현을 마침내 찾게
됐을 때 그것이 잘 짠 서랍장처럼 딱 들어맞는다고 느껴 "I
see. Ahhhh!" 하고 조금 격앙되는 광경이랄지.

반짝이는 표현을 스스로 만들기도 하고 그때마다
달라지는 톤과 표정을 보는 희열도 있다. 매번 그리하진
못하고 몇 차례씩 헤매기도 하는데 그런 기다림이 마침내
도착하는 표현을 조금 더 아끼게 한다.

아무렴 실수해도 괜찮다는 여지를 타국어는 확보해준다.
타인의 것이기 때문이다. 나 아닌 것 앞에서 우리는 서툴
수밖에 없다. 그런 여지는 시간이 지날수록 드물어진다.
게다가 언어 앞에서 그리할 수 있다니. 단어와 어순 같은
철저한 약속을 망가뜨려도 괜찮게 된다. 잘 모르는 대상은
외려 용감하게 시작하게 해준다. 확신하지 못하기 때문에
우린 새로워질 수 있다.

타국어로 존재하는 동안 시인으로서 분발하고
싶다고 느낄 때가 있다. 모국어 앞에서도 동일한 태도로
존재하고 싶다고. 한국어 안에서도 더 자주 멈추고, 덜

능숙해지자고. 하나의 표현 앞에서 오래 골똘해지자고
생각한다.

  이슬아와 나는 비슷한 탐구심을 공유한다. 궁금해하는
사람이기 때문이다. 언어 안에서 놀고 싶은 사람이 되고
말았기 때문이다. 어두나 어미를 자주 들여다본다. 말의
근원에 대해 이야기하거나 그 폭을 확장해보기도 한다.
  라틴어에서 비롯된 영어는 접두사와 접미사로 촘촘히
이어져 있다. 한국어와는 다른 그 점이 흥미롭다.
  지난날엔 Renew(갱신하다), Reminisce(그리워하다) 등에
사용된 접두사 Re(다시)에 대해 이야기했다. 하나의
뿌리로부터 시작되는 수많은 '다시'의 변용들. 그것은 멋진
일이다. 감탄하다 말고 우린 Re-체화(다시 몸에 새기다)
같은 엉뚱한 혼용 단어를 만들어보기도 하고 '뤼-체화'라는
말도 안 되는 발음에 웃기도 했다.

  또 Down to earth(성격이 유하고 포근한)나 Earthy(자연적인;
토속, 흙을 상기해주는) 같은 표현에 지구를 가리키는 단어
Earth가 들어간 것이 지구적인 선택이라 말하기도 하고,

맷 데이먼은 대단히 **Mars**-y(화성스러운) 남자였다고
말해보는 것이다. 그가 질리도록 먹었을 감자에서 시작해
"He was the most **potato**-ous man in the universe(그는 우주에서
가장 감자적인 인간이었어)."라고 선포해보기도 하는 거다.
감자를 형용사로 만들어버리다니. 그런 천진함과 호기심이
다른 언어여서 수월해진다.

　그리고 우리는 조금 더 길어진다.

　타국어로 이야기하다 모국어의 면면에 대해서도 생각에
잠긴다. 우리는 영어만큼이나 한국어에 대해 자주 이야기
나눈다. 한국어가 얼마큼 세심한 언어인지 멀어지고서야
깨닫는다. Red에 그치지 않고 빨갛다, 벌겋다, 새빨갛다,
시뻘겋다, 불그스름하다, 빨그스름하다로 발화되는, 촉수
많은 언어에 익숙한 사람은 뉘앙스를 정확히 옮길 단어가
부족한 영어 앞에서 한탄한다. 영어는 영어만의 멋이
있지만 한국어처럼 세세하진 않다. 투박하고 둥그스름한
편이다.

　타국어 앞에서 모국어를 더 사랑하게 되는 경험은
생각보다 흔하다. 어떤 작가는 모국어를 새롭게 체험하고

싶어 타국으로 가고 누군가는 타국어 앞에 미끄러지는
동안 모국어를 아끼게 된다.

　수업이 아닐 때도 대화가 오간다. 그중 하나는 뉘앙스에
대한 것이다. 포근하다, 껴안다, 다독이다 같은 단어가
모두 품을 가리키지만 폭이 다르게 발음되고 의미는
소리에 따라 어떻게 달라지는지. '고무적'이라는 관형사가
노란 고무가 아니라 북 고鼓, 춤출 무舞로부터 태어난
사실이랄지. 널뛰듯 서로 단어를 주고받는다. 또 **자몽-
하다**(졸릴 때처럼 정신이 흐릿한 상태)라는 아름다운 단어가
존재하고 놀랍게도 그것이 과일에서 시작되지 않은 것에
대해.

　유년기에 언어를 배울 때는 몰라도 괜찮다고 당연히 다
알지 못한다고 생각했다. 틀리면 틀리는 대로 다시 말해볼
의지를 쥐고 있었던 것 같다. 그게 부끄럽지 않았다.
부끄러워지면 우릴 수호해주는 친구들이 있었고, 조용히
옹호해주는 몇 선생님의 지지를 받으며 언어를 누리는
경험을 했다. 그때 그 태도를, 비슷한 질감의 마음을,

삶에서 자주 확보하고 싶다는 생각을 한다. 시와 사진 안팎으로. 능숙한 언어와 서툰 언어의 안으로 또 밖으로.

슬아와 있을 땐 그런 느슨한 지지를 받기 때문에 조금 더 용감해진다. 그래도 괜찮은 것 같다. 그가 이미 그런 사람이기 때문이다. 불완전해져도 된다고 스스로를 놓아줄 때 그 주체와 주변 모두 자유로워지는 광경을 나는 우리 우정에서 자주 경험했고, 그 역설을 여러 밤아침 동안 환기받고 싶다.

우주에서 가장 감자적인 인간이 되어.

멀 리 가 는 친 구 에 게

현관 너머로 오래 쓴 찻잔, 책으로 쌓은 탑, 음악 CD, 쌀, 작은 가구 등이 정리돼 있다. 포장재로 부피가 커진 물건들을 보며 친구가 이민 간다는 사실을 실감한다. 어떤 박스는 높이가 가슴까지 온다. 다시 살고 싶을 시간이 차곡차곡 담겨 있다. 두 개의 시제를 사는 사람들은 손에 쥔 걸 보면 알 수 있다.

이주민은 다 가져갈 수 없는 자들이다.

친구는 매트리스도 온수 매트도 두고 가기로 했다. 무얼 포기할 수 있는가를 반복해서 묻는 일이 이민이기도 하다. 쌓여온 시간 탓에 작은 물건 하나 버리기 쉽지 않지만 타국으로 갈 땐 더 단호해야 한다. 가로세로 높이가 1미터인 박스당 30만 원씩 지불해야 하기 때문이다. 1제곱미터의 역사를 이동하는 비용이다.

긴 시절 이주를 마치고 돌아온 뒤에, 다른 나라로 떠나는 친구들을 볼 때 이상한 기분이 든다. 그의 결정을 마구 응원하지만 한편에서는 말리고 싶은 마음, 그러나 그에게는 이주가 좋을 수도 있다는 믿음이 동시에 혀끝에서 만져진다.

마흔 시간이 걸린다고 했다. 두 나라를 경유해야 그곳에 갈 수 있다고. 그는 홀가분해 보인다. 우리는 왜인지 몸이 단다. 생겨날 거리를 생각하니 왜 더 자주 만나지 못했나 싶다. 마감하느라 촬영하느라 크고 작은 피로와 생활에 깔리느라 미루다 보니 좋아하는 사람들에게도 자꾸 멀리서만 마음을 전하게 된다. 내가 게을러진 걸까. 시간에 인색해진 걸까. 줄어든 만남의 빈도를 알아차릴 때마다 친구를 후순위에 두었다는 부채감이 몰려오기도 한다. 불과 서른네 살까지만 해도 나는 먼 나라에 살았고……한국에 오면 친구들과 자주 식사하고 껴안고 우정을 나누며 살리라 생각했는데. 이상하다.

나는 만남을 덜 좋아하게 된 걸까?

출국 전날이지만 슬픈 내색 없이 우린 웃고 먹고 일상적인 이야기를 하다 헤어졌다. 덤덤하게 허그하고 얼굴을 보았다.

또 다른 친구가 그런다.

다시 만날 거 아니까.

발등 위로 떨어지는 여러 개의 괄호. 몇 겹 침묵이 그
방에 있는 사람들을 지나갔다.

얼마 전까지는 챙겨 갈 짐 목록도 같이 만들고 앞으로
겪을지도 모를 이런저런 마음에 대해 재잘댔는데 마지막
날은 왠지 결정적인 말을 꺼내기가 어렵다. 쑥스러워서는
아니었던 것 같고…… 복잡한 기분이 들었나 보다.

먼 곳에서 내가 17년간 겪은 막막함을 어쩌면 친구도
겪을지 모른다는 미안함과 그럼에도 그가 사랑하는 사람과
떠난다는 안도감, 언어로 전하기 어려운 마음이 뒤엉켜
있었다.

사실 친구네 가는 길에 나의 두 번째 시집을 챙겨 갔다.
여러 이민자가 화자로 등장하는 책이다. 한 편을 골라 직접
낭독해주고 싶었다. 멀리 가는 그에게 무어든 선물하고
싶었다. 끝내 그리하지 못했다. 멀리 있다는 감각을 견딜 수
없던 시절에 쓴 시집인데, 절박한 마음으로 쓴 시가 혹여나

친구에게 자신의 미래처럼 읽힐까 봐서였다.

돌아오는 길에 아쉬움을 느꼈다. 적어도 다섯 해를
타국에서 보내야 하는 친구에게 더 꽉 찬 인사를 하지
못해서다. 이민자가 될 그에게 전하지 못한 말이 많다.

중요한 시절을 여닫을 때 용기 주어 고맙다고. 우리
기쁨을 너의 기쁨처럼 여겨준 것도. 한국어로 쓴 책을
너무 사러 가고 싶을 때, 김치찌개 먹고 싶을 때, 정릉
이태원 성수 어디서도 만날 수 없을 때, 이유 없이 황망할
때 언제든 페이스 타임 걸라고. 우리가 이어져 있음을
기억해달라고.

보이지 않아도 연결돼 있다는 믿음을, 나 또한 여러 번
연습해왔다.

타지에 사는 동안 가장 크게 변한 게 있다면,
집이었다고도 말해주고 싶다. 모국을 떠나면 집이 두 곳에
생긴다. 멀리 두고 온 정서적 집과 타국에서 거주하는
물리적 집 그리고 그 사이에 태어나는 세 번째 집. 새로운
언어, 문화, 사람을 자기 안으로 초대하면서 그곳에도

차츰 집 비슷한 게 생긴다. 완전하지 않지만 거기에만 있는 어떤 시공간이, 그러므로 거기에만 있는 여러 양상의 내가 태어난다. 그때부터 집은 복잡하게 뒤섞인다. 멈춰버린 모국어가, 새로 채워지고 이동하는 타국어와 혼재되며 자란다. 함께 늙는다. 내 안에서 그 셋을 분리할 수 없게 된다. 어느 순간에는 전부 내 것 같고 어느 날에는 여기에도 저기에도 속하지 못한 사람 같다. 아무 데도 집이 없는 사람처럼 배회하기도 한다.

자주 길 잃는 이유는 집도 계속 이동하기 때문이다. 어떤 시절에는 언어에 구축되기도 하고 어떤 해에는 가장 중요한 사람 위에 지어지기도 하고 어느 순간에는 사진에 서식하기도 해서 헷갈리는 거다. 주소가 자꾸 바뀌는 자에게 집은 장면 단위로만 존재한다. 데자뷔처럼 획 왔다 획 가기도 했고 시카고 한복판에서 만난 친구 덕분에 가능해지기도 했다. 역설적이게도 그럴 때 집은 더 큰 반경을 갖게 된다.

결국 집은 잠정적인 상태일 거라고, 그것을 가능하게 하는 모든 매개 그리고 시공간일 거라고, 요즘은 생각하게 되었다.

처음 가는 대륙에서 친구가 필요한 집을 여러 채 짓고 또 만났으면 좋겠다. 잦은 이사가 너무 버겁지 않기를. 가끔은 우리가 보낸 시간이 그가 회귀하는 방이기를. 그러다 그곳에 있기가 너무 괴로우면, 너무 괴로워서 다 내팽개치고 돌아오고 싶으면 언제든 그냥 돌아오라고도 말해주고 싶다.

어찌하든 그는 "비행기 속/ 여러 방을 드나"들고 퇴장할 테니까. 그곳에서 새 정원을 찾을 테니까. "쓰지 않은 접이식 식탁과 강과 비행기가 몸에 많이 남아 있"는 곳으로 돌아올 테니까.✝

손잡이만 가져가 지은아. 우리가 여기 문을 만들어둘게.

✝ 이원, 「양눈잡이 1」, 『양눈잡이』, 아침달, 2022.

내가 잘 안 보인다는 감각

한편에서는 분노하는데 반대편에서는 그게 그렇게
화나느냐고 묻는다. 그런 자리가 피곤하지만 왕왕 가기로
한다. 어떤 중요한 대화는 그런 데서 일어난다고 믿게
되었다.

어젯밤 제96회 오스카 시상식이 열렸다. 오래된 영화
축제다. 오스카에는 작년 수상자가 시상하는 전통이
있다. 빛났던 배우를 한 번 더 조명하고 그가 받은 영광을
배턴처럼 물려주자는 의미일 거다.

올해 남우조연상을 시상한 배우는 키 호이 콴이었다.
베트남 출신 배우로 작년 수상 소감이 화제가 되기도 했다.
"지금 제가 여기 서 있는 게 아메리칸 드림이고 여러분도
할 수 있다는 증거"라고 말하는 그렁그렁한 눈망울과

떨리는 목소리가 카메라를 통해 송출됐다. 그의 모습에 아시아인뿐 아니라 여러 사람이 울었다.

그리고 1년이 지나 콴은 오스카의 전통대로 시상자로 무대에 섰다. 맑고 호쾌한 목소리로 올해의 수상자 로버트 다우니 주니어(이하 '로다주')를 호명했다. 외향적인 만남을 지향하는 미국(특히 할리우드)에서는 먼 동료여도 시상자와 수상자가 주로 악수나 꽉 찬 허그를 주고받는다. 기쁨과 반가움, 감사가 뒤섞인 제스처다. 그런데 로다주는 콴이 트로피를 건넬 때 얼굴도 쳐다보지 않고 그에게서 트로피만 빠르게 움켜쥐었다. 그러고는 여유롭게 무대 위 다른 동료 배우들과 눈 맞추며 인사를 나눴다. 어느 네티즌은 말했다. "발레파킹 맡긴 차 키를 받아 가는 사람 같다." 물론 주차 서비스를 제공한 직원에게 키를 받을 때도 보통 그의 눈을 보고 감사를 전한다. 아이 콘택트가 중요한 매너인 미국에서는 특히 그렇다.

오스카 무대에서 오직 키 호이 콴만 로다주에게 보이지 않는 사람이었다.

아시아계 최초 여우주연상 수상자인 양자경에 이어 상을 받은 에마 스톤의 경우, 양자경을 보고 짧게 인사했다는

점은 달랐지만 옆에 서 있던 제니퍼 로런스가 트로피를
건네게 했다는 점에서 역시 아쉬웠다. 그 순간 양자경의
멈칫함이 내 마음속엔 오래 남는다.

물론 나는 로다주와 에마 스톤이 다른 배우들과 실제로
맺고 있는 관계를 모른다. 잘잘못을 가리고 싶지 않다. 내가
할 수 있는 일도 아닐뿐더러 그 순간 진짜 어떤 생각이
오갔는지는 두 사람만 알 테니까. 에마 스톤과 로다주 모두
경황이 없어 그랬을 수 있다. 긴장되니 평소 가까이 지내는
동료들과 피부색이 다른, 주로 자신을 보조하는 아시아계
스태프처럼 여겼을 수 있다.

다만 어떤 익숙함에 대해 이야기하고 싶다. 진의는 알
수 없지만 그 장면을 보고 나는 17년간 살았던 미국을
떠나기로 한 이유를 떠올리지 않기 어려웠다.

내가 잘 안 보인다는 감각. 일상적으로 눈에 덜 띄던
날들을 떠올렸다.

이민자들은 보편적으로 자신이 작아지거나 없는 사람이
되는 경험을 한다. 그리고 자신이 느낀 감정을 몇 번이고

재고한다. 방금 그거 오해일까? 혹시 나의 피해의식일까? 본인은 기분이 나쁜데 타인은 자꾸 아니라고 하니까 자기 확신이 모자란 사람이 되고 만다.

상대가 사라진 뒤에도 스스로를 의구하고 부정하고 타이르는 순간까지가 배제의 시간이다. 스스로를 놓치는 경험까지 말이다.

그들 중 하나(equal)로 받아들여지기 위해 더 친절해지고 더 유능해지려 애쓰지만 어느 순간 묻게 된다. 충분히 '나 되기' 위해 이렇게까지 해야 하나? 이렇게까지 하고 나면, 나 되는 거 맞나?

그 물음을 잃는 사람들은 서로를 알아본다. 소수자들은 미미한 뉘앙스와 노골적인 차별 사이에서 수백 번씩 말을 잃는다. 매일 가는 마트에서. 카페에서. 이어폰을 사러 간 쇼핑몰에서. 체육관에서. 직장으로 향하는 톨게이트에서. 지하철역에서. 방금 그가 왜 그렇게 행동한 거지? 자신에게 묻는다. 전부 소리 내어 말하지 않을 뿐이다.

제1세계 시민들은 그들의 언어에 서툰 사람에게 자기도

모르게 인상을 찌푸린다. 이민자의 테이블엔 가장 늦게 음식이 서빙된다. 거의 모든 동아시아인은 자신에게 "셰셰."(중국어로 '감사합니다.')라고 말하는 백인을 만난 적 있다. 일일이 따지기엔 애매한, 그러나 분명히 슬프고 화나는 일들.

대놓고 차별하는 사람과 싸우는 건 쉽다. 어려운 건 은은한 차별이다. 집에 돌아오고 나서야 진짜 뜻을 깨닫는. 시간이 지날수록 어떤 행동의 함의를 못 본 척할 수 없게 된다. 처음 만나는 사람들과 하루에도 몇 번씩 싸우고 싶은 사람은 없고 그건 이민자들도 마찬가지다. 이민자들은 말을 삼킨다. 보이지 않는 상흔이 누적된다.

누군가는 물을 수도 있다. 이민자들의 지나친 반응 아니냐고. 차라리 나와 이민자들이 방어기제만 버리면 풀리는 간단한 문제라면 정말 좋겠다. 주마다 약간 차이가 있을 뿐 이것은 실체가 분명한 배제다. 눈에 보이지 않지만 공기 중에 만연한 질소처럼 분명히 존재하는, 아주 물리적인 현상이다.

농구장에 들어서면 재키 챈(성룡)이라 부르고 눈을
찢으며 제러미 린(유명한 아시아계 미국인 농구 선수)이라
조롱하는 젊은이들이 아직 있다. 애틀랜타의 여느
월마트에도, 시카고의 트럼프 반대 시위대에도 그런 중년은
있다.

영어에 덜 능숙한 1세대 이민자들의 통역 일을 종종
했다. 세탁소를 운영하는 아저씨를 도운 날, 무수한
사람이 불합리하게 트집 잡는 모습을 보았다. 이미
세탁을 마쳤는데 환불을 요청하거나 옷걸이를 스무
개나 더 달라고 하거나 맡긴 적 없는 옷을 보상하라고
한다거나. 또한 많은 유학생들은 서류 처리 중에 자주
곤혹스러워한다. 영어가 유창하지 않은, 누가 봐도 다른
나라에서 이주해온 그들을 보며 표정이 싹 바뀌는 사무처
직원을 여럿 목격했다. 그 표정을 숨기지 않아도 되는
것까지가 권력이다.

이민자는 단일한 집단이 아니다. 이민자의 얼굴은 모두
다르다. 동시에 나는 평균보다 치열하게 사는 이민자들을

너무 많이 알고 있다. 자신에게 자격을 준비하기 위해서다.
존재를 자꾸 증명해야 할 것 같은 기분을 아는지. 모든
소수자는 비슷한 이유로 눈치를 본 적이 있다. 누구도
시키지 않았는데, 어떻게든 저를 발휘하려고 고된 일을
도맡은 적도. 이렇게 바꾸어 말할 수도 있다. 눈치를 보지
않고도 어디서든 자기 자신으로 존재할 수 있는 것은
특권이다.

　나는 로다주가 키 호이 콴을 엄청나게 미워한다고
생각하지 않는다. 아마 무심코 한 행동이었을 것이다.
그러나 무의식적인 행동이기 때문에 어떤 사실은 더욱
선명해진다. 로다주는 키 호이 콴을 공들여 환대하고 싶은
존재로는 인식하지 않은 모양이다. 큰 무대라 긴장해서
그랬다고 변호하기에는 무리가 있다. 수상자는 보통
시상자에게 어떤 식으로든 존경을 표한다. 가장 공식적인
자리에서는 더더욱 그리한다.

　디아스포라는 이토록 여기저기에 있다. 일터에도,
무대에도, 슈퍼마켓에도. 이제는 납작하게 차용돼

그리움의 대체어처럼 쓰이기도 하지만, 여러 층위의 잘려 나가는 마음과 고립감, 내가 잘 안 보인다는 감각까지가 총체적으로 디아스포라다. 멀리서는 비슷해 보이지만 열이면 열, 타국은 다르게 경험된다. 배경과 사람에 따라 아주 개인적으로 변모한다. 그러니까 '타지에서 느끼는 설움'보다 훨씬 더 다층적으로 이야기되어야 한다.

슬프게도, 다친 사람들이 다치게 한 자들을 먼저 살피기도 한다. 처음 보는 사람을 의심하기 싫어 조용히 묻는다. 저 사람이 지금 내 인종 때문에 저렇게 행동한 건지, 그냥 무례한 사람인지, 아님 천진한 실수인지. 깨끗하지 않은 질문과 기분을 소거하며 살게 된다. 상대가 백인이라는 이유로 별 이유 없이 미워할까 봐, 역차별하고 편견을 가질까 봐 애쓰기도 한다. 반대편에 있는 마음을 너무 잘 알게 돼버린 탓이다.

오랜만에 한국으로 돌아갔을 때, 친구들은 내가 성격이 더 좋아졌다고 했다. 보다 세세하게 챙기는 사람이 됐다고. 소수자들은 친절해지곤 한다. 계속 싸우면서 생활하고

싶지 않으니까. 대체로 지나치게 친절해지거나 주눅 든 채
지낸다. 이민자들의 과도한 친절은 먼저 잘해주면 자신도
수용될 거라고 믿는 마음에서 시작되기도 한다. 그것이
나와 내 주변 많은 소수자에게 생긴 변화다. 친절은 언어가
유창하지 않은 타국 사람들이 택할 수 있는 몇 안 되는
선택지다.

　미국에서 아름다운 친구와 동료를 적잖게 만났다.
그들은 함께 분노해주거나 대신 용서를 구하기도 했다.
하지만 그들이 이민자로서 통과하는 힘 빠지는 상황을
전부 동행해줄 수는 없다. 혼자인 자들도 안전하다고
느껴야 안전한 사회일 것이다. 개인의 선의에만 기대지
않고, 공동체가 최선을 다해 지켜내야 하는 이민자를 위한
윤리가 있다.
　그렇기 때문에 오스카 무대로부터 나는 이야기를
시작하고 싶다. 공식적인 데서 비공식적인 우리를
들여다보고 싶다. 그리고 이민자들의 완벽하지 않은
증언들이 더 많이 말해지기를 바란다. 약자들은 자기
목소리를 의심하게 되므로 충분히 이야기해야 한다.

서로가 서로를 충분히 알아봐 줄 때까지, 왜 슬프고
화가 났는지 귀 기울이게 될 때까지는 큰 목소리로
이야기해나가야 한다.

양자경과 키 호이 콴이 출연한 영화 〈에브리씽
에브리웨어 올 앳 원스〉에서 무섭고 혼란스럽기 때문에
당신들이 싸우고 있다는 걸 안다는 콴의 독백은, 유일하게
한 가지 분명한 사실이 있다면 우리가 친절해져야 한다는
그의 대사는 그런 의미에서 새롭게 읽힌다.

잘 모르는 타인들 사이에서 아등바등 산다는 점에서
모두가 이입할 수 있는 대사. 그리고 동시에 어떤 콕
집어 원망할 수 없는, 실체 없어 보이지만 지긋지긋하게
반복되는 마음을 자세히 알아봐주는 말들이다.

한국에 거주하는 우리가 기억하면 좋을 텍스트이기도
하다. 한국의 이민자들, 어떤 경로로든 이곳으로 이주해온
사람을 마주할 때 우리 모두 반대편 땅에 있는 자신을
상상해야 한다. 2022년 출간된 『어딘가에는 싸우는 이주
여성이 있다』(한인정 지음, 포도밭출판사) 속 고백을 읽으며

미국의 지인과 이주민 집단, 익숙한 얼굴들이 똑같은 텍스트를 읊조리는 장면이 그려졌다.

"저한테 일본 사람이냐 한국 사람이냐 묻는데, 저 일본에서 살았으니 일본 사람이라고도 생각하고, 또 지금은 한국에서 살고 있으니까 한국 사람이에요. 저 진짜는 옥천 사람이에요."

"피가 뭐 그렇게 중요해요. 저 그냥, 사람이에요."

우리는 불완전하다. 나는 에마 스톤과 로다주의 또 다른 모습도 기억한다. 그들의 모습은 오스카 무대에 영원히 고정될 수 없다. 모든 이민자가 그렇듯이. 사람이니까. 사람이어서.

어떤 시절엔 편지만이 쓸 수 있는 유일한 텍스트였다.
시나 산문을 쓸 수 없는 날에도 편지는 쓰였다. 그때
나는 왜 수신자가 있는 글쓰기에 조금 더 용기를
낼 수 있었을까. 얼굴을 떠올릴 때 꺼낼 수 있는 말.
누군가에게로 향하기 때문에 생동하게 되는 쓰기. 안에서
바깥으로 침범하는 움트임에 대해 떠올린다.

바로 그 사람이 필요한 순간이 쌓이면 나는 "___에게"로
시작하는 문서를 만들었다. 답장을 기다리는 동안 내 안에
흐르는 저수지를 걸었다. 그 주변을 흐르는 물줄기들이
어디로 향하는지, 그것을 멈추는 돌덩이와 사슴과 가뭄이
어디로 가는지, 말이 어디서 오는지 지켜보았다. 답장이
오지 않아도 나는 그리로 자주 돌아갔다.

2022년 4월 12일

― 옥토에게

긴 잠에서 깨어난 사람처럼 대화하고 싶다고 생각했어. 취약해져도 이상하지 않을 만큼 용기를 내어 대화를 하고 싶다고. 보폭이 아주 큰 숨을 쉬고 싶다고. 그런 장면을 잘 모으면 품이 된다고 믿는 정령처럼.

부쩍 그런 듣기와 말하기를 하고 싶다고 느껴. 그게 편지라는 생각을 해.

유머와 능청이 늘었어. 원래도 있었는데 이제야 발휘되고 있다는 생각이야. 소수의 사람만 알고 있던 유머를 공개할까 해. 의기소침은 내가 나에게 자주 내렸던 벌인데 그 벌을 폐지하기로 했어. 매번 웃기지 못해도 우리의 이상한 면도 충분히 좋아하면서 살면 좋겠어. 시큰둥한 일침이 돌아오면 나는 오류 난 스크린처럼 멈추지만 계속 그랬으면 좋겠어. 절망하고 너스레도 떨고 미안했다고 소리 내어 말하기도 하고. 울고 싶은 날은 울고. 그날그날 살 수 있는 명랑함을 구비하고 싶어.

옥토는 그런 날들을 보내고 있니. 주변인들은 모르는 너의 유머와 슬픔에 대해서도 듣고 싶어.

잘 헤어지고, 잘 시작하고, 잘 지속되고 싶다는 생각을 해. 사랑했던 풍경을 초라하지 않게 만들며 보내주고 있어. 새 눈빛을 찾고 있어. 애정해온 이름을 미워하지 않으며 이 시절을 잘 맞는 연습 중이야. 그 일이 어려울 때마다 사실 그런 재능은 우리 누구에게도 있지 않다고 소리 내어 말하면서.

결국 보는 것이 매일 우릴 조금씩 바꾸잖아. 보는 것이 사는 것의 거의 전부이기도 하잖아. 사진가이기 전에 보는 사람인 우리는 많은 것을 보아왔어. 사람이, 사물이, 언어가 정지하는 찰나와 그들이 몰래 이동하는 장면들. 그리고 끊어졌다 시작되는 자리를 잇는 언어에 주목해왔지. 오늘 무엇을 보았는지 또 무엇을 보지 않기로 했는지 궁금해. 보았지만 이해하지 못한 광경에 대해서도. 보는 것과 아는 것들 사이에서 발생하는 시차에 대해서도 말해줘.

어제는 거리를 지나다 두 중년이 헤어지기 전에 한 번 서로 껴안았다가 곧이어 다시 꽉 껴안는 걸 보았어. 한 번의 인사지만 수십 문장을 나눠 갖는다고 느꼈어. 그런 인사를 여러 번 나누고 싶어.

2022년 4월 24일
— 다시 옥토에게

공들여 구비하지 않으면 시간이 전부 흘러 있다는 말에 고개를 끄덕여. 언제부턴가 시간도 마음도 언어도 고요도 모두 미리 떼어두어야만 가질 수 있다고 느껴. 나의 것이었는데 더는 그 자리에 없어. 아직 남아 있는 것들, 그리고 새로 생겨난 자리를 실감하며 시간을 감각해. 지킨다는 건 무얼까. 가진다는 건 무엇이고. 쥐고 있다고, 기록해낸다고 지키는 건 아닐 거야.

요즘은 얇은 유리 같은 잠을 자. 소리나 풍경이 조금만 흔들려도 눈이 뜨여. 머리만 대면 잠드는데 왜 쉽게 균열이 생길까. 빨리 하루를 맞고 싶기 때문 같기도 불안 때문

같기도 해. 췌장 옆엔 불안 주머니가 있어. 채우지 않았는데 매일 차고, 치우지 않았는데 어느 날 전부 비어 있기도 해.

요즘 나의 위시 리스트는 눈 뜨면 몸과 마음이 텅 비어 있는 잠이야.

봄이니까!

여긴 오후 4시야.

거긴 이제 누군가 지하철에 타고 셔터를 올리고 조간신문을 읽고 있겠다. 그곳의 부산스러운 활기가 그립다. 창밖으로 빛이 쪼개지고 건물이 열 개로 몸을 나누어 집에 들어와 있어. 매일 같은 시간 같은 자리에서 작업하니까 계절마다 해가 부서지는 방향을 알게 돼. 부서진 자들의 설계도 같은 거. 화면 위로 고층 건물이 몇 개로 쪼개지고 다시 붙어. 밑에서 위로 하나씩 몸을 접으면서 어제 살던 자리로 돌아가.

가본 적 없는 너의 동네도 그려본다. 창가로 도착하고 블라인드 사이로 탈락할 여러 획의 바람을. 낮은 합창처럼 모이는 새들의 문장을.

　스스로에게 타인에게, 우리가 조금 더 너그러워지면
좋겠어. 우리도 여러 번 용서받았다는 걸 기억하면서.
냉소는 쉬워. 품이 드는 건 너그러워지는 쪽이지. 오해를
마다 않기로 하는 사람이 더 넓은 이해에 가 닿을 수
있으니까. 그리고 인간은 전부 다르게 뾰족하잖아. 우리가
일괄된 방식으로 뾰족했다면 그 많은 아름다운 공원, 악기,
책, 사진이 전부 강박적으로 똑같이 생겼을 테지. 얼마나
끔찍하니.

　'아주 낮은 높이로 떠 있는 사진들'이라는 말을 선물받아
기뻐. 까치발을 상상해. 그런 높이에 머무는 대상은 언제든
털썩 내려올 준비가 돼 있지. 아름다운 언어를 가진 친구
덕분에 이미지 속 이미지들이 생겨나.

　사진가는 거의 항상 보는 사람이지만 우리는 보지
않는 일에도 최선을 다할 필요가 있어. 너무 넓은 눈은
집을 비좁게 하기도 해. 오랫동안 모든 걸 담고 싶어 하는

마음으로 몇 대상만 응시하며 살았어. 이제는 아니야. 어떤 날은 아무것도 안 보기로 해.

바깥에 나왔어. 인기척을 느끼고 싶어서.

4월의 냄새는 맡자마자 즉시 알아보게 돼. 세월이 몸에 각인된다는 건 이상해.

사람들이 오래된 사담처럼 하나둘 거리로 나온다. 오늘은 모르는 행인을 지켜보는 데 오후를 다 썼어. 이어폰도 없이 그냥 가만히 봤어. 휴대폰을 부러 집에 두고 나왔거든. 그러니까 더 잘 보이는 거야. 자기 방인 것처럼 소란스럽게 통화하는 아저씨. 혼자 왔는데 커피를 두 잔 포장 주문하는 할머니. 바쁘게 젖병에 든 우유를 먹이는 엄마와 그런 엄마의 물을 챙기는 파트너. 그들을 멍하니 지켜보다가 자꾸 시계를 보는 직원과 계속 눈이 마주쳤어. 극 중 인물들처럼 그들이 너무 멀고 또 가깝게 느껴졌어.

어디서나 우리는 서로를 조금씩 빌려주고 되돌려받지.

옥토야, 어떻게 시간을 감각하고 있니. 누굴 보고 있니.

이 계절 너를 기록하는 그리고 기록하고 싶게 만드는

것들은 무엇이니.

시간의

보폭

왜 냐 하 면 나 는 지 금 아 무 런 방 어 기 제 가 없 다

글쓰기가 직업이 된 지 벌써 10년이 돼간다. 가장
좋아하는 일이라 직업 삼기로 한 건데 시간이 지날수록
청탁 없이는 잘 쓰지 않는다. 이상하다. 돈을 받지 않으면
쓰지 않는다니. 뭔가 잘못됐다. 손안에 세게 쥐고 있던
것을 놓친 기분. 내가 스르르 놓아주었을지도.

애호하는 방식은 변하고 우릴 움켜쥐었던 대상들도
움직인다. 그래도 계속 좋아하고 싶다. 좋아해서 시작한
일을 잘 좋아하고 싶다. 눈뜨자마자 한 다짐이다. 작가라
해서 이런 건설적인 순간이 자주 찾아오지는 않는다.
잠에서 깬 후 40분 동안 인간은 생물학적으로 방어기제가
없어진다던데. 그래서 그랬나? 숱하게 싸워온 쪼잔함과
변명, 합리화 등이 전부 호르몬으로 결정되는 문제였어?

그렇다면 아침마다 써야겠다. 매일 일어나자마자 40분

동안 써야겠다.

눈뜨면 나는 주로 집에 있다. 집은 물리적으로 한정돼 있고, 그러니까 쓰는 나부터 금세 싫증 낼지도 모른다. 머리가 영 덥혀지지 않는 날엔 한 손으로 바나나를 먹거나 귤을 입에 잔뜩 넣은 채로 써야 할지도. 하지만 작가라면 책상에서도 멀리 갈 수 있다(그렇다고 들었다). 집에 있으면서 룩셈부르크를 걷고 새의 몸통을 관찰하고 본 적 없는 뿌리채소를 조리하고…… 쓰다 보니, 이 산문을 통해 나는 작가적 위기를 맞을 것 같다. 나의 상상력이 얼마큼 얕고 시선이 좁은지 들통날까 봐 겁도 난다. 아마 들통날 줄 알면서 시작해본다. 왜냐하면 깬 지 아직 10분이 지나지 않았고 나는 지금 아무런 방어기제가 없다.

2월 어느 날, 맑음

돌산을 가르는 냇물처럼 시커먼 얼굴 위로 작은 줄기가 생긴다. 땀방울이 흐른 자리다. 광산에 끌려가 곡괭이질을 하다 말고 깨어났다. 아직도 코 안쪽에서 쾌쾌한 흙먼지 냄새가 난다.

악몽은 저를 무서워하는 사람을 알아본다. 도망가고 싶은 맘이 간절할수록 탄로 나고 만다. 평소 탄광 산업에도 곡괭이에도 크게 관심 없는 나는 꿈의 병정과 마주했을 때 겁에 질려 눈썹이 올라가 있었을 것.

차라리 깨는 게 낫다고 생각하며 손을 뻗는다. 전화기를 집었다.

새벽 4시다. 눈 비비고 이마를 괜히 한번 쓸어내린다. 머리 위엔 석탄 더미도 없고 헤드 랜턴도 쓰고 있지 않다. 손톱 밑도 깨끗하다. 이 시간에 곡괭이를 들고 노동할 거라면 일어나서 밀린 사진 작업을 하는 편이 낫겠다.

나는 찍는 순간을 좋아한다. 찍는 대상과 눈 맞추고 셔터를 누르는 동안 우리는 가끔 영혼의 도서관에 보관해온 중요한 무언가를 주고받는다. 찍는 대상도 찍히는 대상도 렌즈 앞에서는 거짓으로 대하기 어려워진다. 자신이 먼저 알아버리기 때문이다.

카메라는 세 번째 눈처럼 기능한다. 우릴 멀리 세워놓고 다른 이의 시선으로 보게 만든다. 렌즈 앞이어서 경직된 표정은 찬찬히 가라앉는다. 쑥스러워서 짓던 웃음도

옅어진다. 아무 요구도 하지 않고 찍다 보면 그 사람 본연의
얼굴이 떠오른다. 가장 그 사람 같은 얼굴은 외려 표정이
사라질 때 가장 정확하게 보인다. 그 구간에 찍은 사진들
앞에서 대부분 멈추고 말한다.

저한테 이런 표정이 있는 줄 몰랐어요.

촬영 중후반에 찍은 사진을 주로 쓰게 되는 까닭은
그래서다.

사람에게만 해당되는 이야기는 아니다. 시선이 머무른
자리에는 홈이 파인다.

아무리 커다란 단어들을 가져와도 그것이 무엇인지
구체적으로 설명하기 어려운데, 중요한 사진을 찍은 장소에
돌아가면 알게 된다. 거기, 지나간 시간과 현재 사이에
얇은 막이 있다. 그리고 그 사이로 바람이 분다. 단번에
알아보기 어려운 여러 마음이 뒤섞여 압정처럼 박혀
있기도 하다. 일부는 이미지에 담기고 다른 일부는 기억에
머물고 어떤 장면은 모두에게 잊힌다. 스튜디오에는 여러
낯빛이 남는다.

사진을 찍고 나면 보정을 한다. 의도한 만큼 암부가
어두운지, 날아간 정보는 없는지, 온도는 정확한지
확인한다. 그 작업을 부끄럽게 여기는 사람도 있다.
모든 훌륭한 작품의 전제는 아니지만 이미지를 만드는
데 중요한 과정 중 하나임은 틀림없다. 돌이킬 수 없는
말과 달리 풍경은 수정된다. 조금은 다시 쓰일 수 있다.
이름이 가리키듯, 찍은 이후에도 사진가는 계속 만든다.
후보정 작업을 post(이후)-produce(생산하다)라 부르는 데
이유가 있다. 앤설 애덤스도 암실에서 몇 시간씩 보냈다.
크롭 한 번에 시선의 면적이 줄어들고―해서 대상과
갑자기 가까워지고―몇 번의 클릭으로 빛light도 색hue도
다른 사람의 자취처럼 변할 수 있다. 아주 좁아지거나
넓어지고, 짙어지거나 옅어지고, 높아지거나 낮아진다.
이미지는 그 모든 결정까지 포함한다.

　사진을 세공하는 방식은 찍은 방식만큼이나 그
사진가에 대해 말해준다.

　마음먹고 노트북을 켠다.
　눈을 찌를 만큼 밝은 빛이 쏟아져 나온다. 빠르게 눈을

감는다. 너무 많은 빛 앞에서는 고개를 돌리게 된다.
어둠에 익숙한 눈은 윤곽만 알아볼 수 있다. 나는 자꾸
눈을 깜빡이고 방은 너무 춥다.

구부정한 허리를 펴다가 깨닫는다. 콧구멍에 흙이
들어간 채로 강도 높은 곡괭이질을 하다 와서 이 밀도 높은
일을 할 순 없다. 노트북을 닫고 불을 끈다.

안경을 벗자마자 이불 속으로 들어가 광산으로
돌아간다.

마우스커서도 곡괭이도 뾰족하지만 우선 곡괭이를
잡는다.

0

패션 유튜브 채널을 즐겨 본다. 관심 있는 옷을 먼저
입어본 사람을 집에서 만날 수 있다. 시청자에게 시간을
벌어주고 안목을 건네고 수신료를 받는 셈이다.

요즘엔 현직 디자이너로 일하며 가감 없이 말하는 론 님
채널을 보는데, 웬 행운인지 오늘은 그분이 운전해주시는
차를 타고 무성한 섬을 돌아다녔다. 론 님은 내가 작년에
쓰느라 애를 먹은 『아무튼, 당근마켓』을 읽으며 중고
시장뿐 아니라 프리랜서로서의 삶에 대해 다시 생각해보게
됐다고 했다. 당신이 나의 책을 읽었다니. 책으로 이렇게
이어질 수 있다니. 나는 고맙다고 했다. 그리고 글처럼
두고두고 수정할 수 없는 '말하기'를 직업 삼은 당신이

존경스럽다고 전했다.

　우리는 높고 좁은 길을 달리고 있다. 멀리 보이는 들판과
메타세쿼이아 나무들이 순식간에 작아지고, 비행기에
올라탄 것처럼 이내 귀가 뻐근해진다. 갑자기 아침 안개가
짙게 껴 도로가 거의 보이지 않는다. 급커브를 돌 때마다
시야가 뚝뚝 끊긴다. 부러진 가드레일이 보였다가 흰
안개만 눈에 들어온다. 앞이 보이지 않는다는 사실에
적잖은 공포감과 당혹스러운 기쁨이 몰려온다. 예측
가능한 생활을 좋아하는 나지만 두근거리는 것 같기도.

　시야가 사라지니 장면 단위로 풍경이 새로 쓰인다.

　결말을 예측할 수 없는 즉흥극 같다.

　도로가 가파른 절벽 위에 있으므로 이런 데서는
조심해서 나쁠 게 없다. 코너를 돌던 론 님에게 말했다.

　"선생님, 방송에서 보여주신 기백에 비해 운전을 굉장히
부드럽게 하시네요."

　"그래요? 한번 보여줘요? 내가 어떤 사람인지?"

　그는 비좁은 이차선에서 갑자기 추월을 시도하며 차

사이를 파고들기 시작했다. 너무 놀라서 외마디 비명을
내뱉기도 전에 반대 차선의 시꺼먼 승합차를 뒤늦게
발견한 그가 핸들을 급히 오른쪽으로 돌렸다. 나는 어, 어,
선생님! 하고 소리 질렀지만 이미 차는 도로를 벗어났다.
잠시지만 아주 천천히, 누가 슬로모션을 켠 듯 떨어지는
몸을 전방위로 감각한다. 롤러코스터처럼 허리 아래
다리가 가벼워지고 얼굴에 피가 쏠리고 가슴 깊숙한
데서 웅덩이처럼 무언가 꿀렁인다. 안전벨트가 명치를 꽉
쪼여 소리도 못 지르겠다. 그러나저러나 우린 절벽 밑으로
향하고 있고 이내 차는 아주 빠르게 자비 없이 떨어진다.
순식간에 빌딩만큼 높고 빼곡한 나무들이 전방 유리 앞에
있다.

아, 죽었구나.

1

쓸수록, 아침 일기는 밤에서 시작된다는 걸 알게
된다. 그 밤은 전날 아침뿐 아니라 아주 오래돼서 이제

상관없어 보이는 무수히 많은 아침들로부터 파생된다.
이를테면, 무서워서 한 번도 타지 않다가 또래 앞에서
겁쟁이처럼 보일까 봐 롤러코스터에 처음 올라탔던
아침. 이후 맞닥뜨린 다른 양상의 롤러코스터들. 너무
많은 롤러코스터들. 중고등학교 같은 반 친구에게 맞고
아무 말도 못 했던 기억. 걔가 시키는 크고 작은 부탁을
거절하지 못했던 나와, 약한 나를 지독하게 미워했던 나.
이제는 전생처럼 먼 일들인데, 예고 없이 자꾸 튀어나오는
그때 그 수치스러운 표정.

　나 사실 그때 엄청 창피했어. 나한테 왜 그랬어.
　너는 왜 그랬어? 왜 나를 지켜주지 못했어?

　밤과 아침은 긴밀하게 연결돼 있고 오래된 우리들은
뒤엉켜 있다. 휴지통에 버린 너무 많은 자음과 모음처럼.
너무 많아 무엇이 무엇과 붙어 있었는지 분간하기 어렵다.

2

그제야 아내의 작은 숨소리가 들린다. 그리고 귀를 때리는 간청, 아니 원망에 가까운 고양이의 절규.

이 생생하고 앙칼진 부름이 꿈일 순 없다. 화들짝 눈을 떴고 침실이다. 후…… 가장 중요한 존재들이 내 옆에 있음을 확인하면서 안도한다. 조금 전 절벽에서 떨어지던 팔로 숙희를 한번 안는다.

왜 그런 꿈을 꿨지?

두 가지를 추론해볼 수 있다.

오늘 나는 굵직한 유튜브를 운영하는 친구들과 플리마켓에 참여하기로 했다. 그리고 유튜브 보는 데 너무 많은 시간을 써서 사흘 전에 어플을 지웠다. 그걸 어찌 알고 꿈까지 찾아와 또 처벌하시고.

유튜브만 틀면 30분이고 한 시간이고 훌쩍 지나 있다. 내 취향을 꿰뚫어 보고 낚싯바늘을 던지면 허기진 눈으로 내가 그걸 문다. 끝나지 않는 추천과 그다음 추천의 넓고 깊은 물속. 쓰고 읽는 대신, 보기만 하는 내가 싫었다. 잠 안 오는 밤에는 별생각 없이 몇 시간씩 아무 쓸모없는 영상을 재생했다.

더 보고 싶지 않은데 계속 거기 있었다. 손끝이
낚싯바늘보다 더 세게 나를 끌고 다녔다.

휴대폰 잠금화면을 열면 시청 기록에 입술 꿰인 자국이
잔뜩이다.

어플을 지운 뒤로 읽는 시간이 늘었다. 멍도 자주
때린다. 영상이 좋아서 오래 보았는지, 오래 보다 보니 거기
있는 걸 좋아하게 됐는지.

3

숙희 남희 밥을 주고 돌아왔는데, 아까 허공에서 아래로
떨어지며 본 뾰족한 나무들이 눈앞에 아른거린다. 조금
섬뜩하다. 정확히는 내가 끝났다는 예감이 무섭다.

이상한 순서로 머리에 각인해두는 생각들:

뒷자리에 앉아도 안전벨트는 꼭 해야지. 이차선도로를
달릴 땐 앞차가 아무리 천천히 운전해도 추월하지 말자.
경적을 얼마큼 울리든 쫄지 말자. 다음 식사, 다음 낮잠,
다음 책은 언제든 주어지지 않을 수 있다.

4

그런데 갑자기 세상을 떠나고 나면 무슨 일이 생기는 거지?

남아 있는 문장은 나 대신 계속 살 거라고 인터뷰에서 말했던 적 있는데, 죽음 이후를 짧게나마 경험하고 나니 그게 다 무슨 소용이냐는 생각이 든다. 살아 있을 때 삶은 가장 유효하다. 지금 손에 잡히는 것들을 움켜쥐어야지. 그때그때 우릴 흔드는 풍경에 골똘해져야지.

과거의 텍스트와 이미지 안에서 나는 어떤 식으로든 오해될 거다. 만남이 모든 오해를 유예하는 건 아니지만 애도하는 이들과 어떻게 닿을 수 있을까. 전화도 문자도 택배도 도착하지 않는 데서 우리는 어떻게 연결되나. 연결되는 건 그렇게나 물리적인 일이기도 했다. 약속을 잡고 같은 공간으로 향하는 동안 당신을 떠올리기도 하고 잠들기도 하고 마침내 서로의 얼굴을 확인하고 중요한 것들을 내놓고 어깨와 어깨가 닿는 인사를 나눈 후 지하철에서 혼자 복기하는 장면들까지 전부 만남이었다.

집에 더 오래 거주하는 21세기의 내향형 인간이 생각한다.
만남에 집중하고 싶다. 그럴수록 아내와 아침에 깨자마자
어제 들었던 농담을 재연하며 히히대는 사사로운 일에 지금
열광하고 싶다.

타국에 살 때는 우리가 만든 공통의 시간에 대해, 내가
본 당신에 대해 자주 증언했다. 지난 12월 머리가 떵할 만큼
추운 정류장에서 같이 기다려주어 고마웠다고. 세 번째
시집 그 문장이 참 좋았다고. 그런 말을 전하는 게 삶의
가장 중요한 일인 듯 지냈다. 다음 시절이 오자 그런 일을
가장 먼저 미루게 되었다. 만남을 자꾸 유보하게 된다. 이제
같은 나라에 있으니까. 서울이든 지방이든 마음먹으면 볼
수 있으니까.

언제든 다음이 있을 거라는 편리한 믿음. 외려 죽음과
가까운.

남은 내일이 미리 파기된다면?

죽음 비슷한 것 코앞에까지라도 다녀온 뒤에 그
익숙한 물음들은 부풀어 올라 침실을 채우고 TV를 깨고

천장을 짓이기고 방문에 낄 만큼 부피가 커다래진다.

죽음으로부터 먼 곳에 둔 이름들을 내 쪽으로 끌어당긴다.

지금 내 옆에 잠든 사람과 고양이들을 바라본다.

슬아야 숙희야 남희야 우리는 지금 여기 있어.

여기 있어.

곧 내가 소유하지 않게 될 것들을 상자 가득 싣고 플리
마켓으로 향한다.

크 고 작 은 나 의 바 다

마음이 어지러운 날은 물과 설거지 비누 그리고
식기들이 닿는 느낌에만 집중한다. 고백하건대 웬만한
설거지는 나에게 기쁨이다. 놓쳤던 드라마나 팟캐스트를
들을 수 있는 절호의 시간이지만 틀지 않고 비워두는
날도 있다. 둥근 접시를 엄지와 네 손가락 사이에 쥐고
흐르는 물을 눌러내듯 판판한 면을 닦는다. 그리고
반대편도 뽀득뽀득 씻어낸다. 컵은 주둥이를 특히 깨끗하게
비누칠하고 속을 뒤집듯 꼼꼼하게 헹군다. 접시보다 컵을
더 정성스레 씻게 되는 건 왜일까. 컵의 이가 나가지 않게
각별히 주의하며 엎어둔다.

팔은 알아서 움직이고 몸이 분주해지는 동안 나는
조용해진다. 하나씩 닦고 열 맞추어 말려두는 기분은
일종의 경건한 마음마저 불러오기도 한다.

별생각 없이 빠르게 설거지를 끝내는 날도 물론 있다. 그런 날조차 설거지는 즐거운데, 손끝으로 물 만지는 감각 때문인 것 같다. 야채 씻는 걸 좋아하는 마음과도 비슷하다. 샤워할 때의 상태와도 닮았고. 뭐랄까…… 더 명료해진다. 하나에만 집중하게 된다. 물과 닿는 동안 조금 더 원형으로 돌아가는 기분이다.

태어나기 전 뱃속에서 가장 먼저 만나는 물질이 물인 까닭일까. 고체일 수도 액체일 수도 기체일 수도 있어서일까. 물은 그런 힘을 갖고 있다.

노트북과 전화기가 우리의 시간 대부분을 선점하지만 여전히 자연 어딘가에 가까이 있고 싶다. 우거진 나무 사이에, 물에 발이 젖는 곳에. 여름휴가를 떠나면 알게 된다. 더 자주 물을 보며 살고 싶다.

먼 나라에 갔을 때 충동적으로 바다에 들른 적 있다. 지명을 번역하자면 '여왕의 땅'이었다. 바다거북 다수가 번식하는 지역이었다. 실제로 바다거북을 본 건 그곳이 처음이었다. 거북이들은 생각보다 더 크고 우아하고

느렸다. 너무 느려서 물에 들어가면 어찌 익사하지 않는지
궁금해질 만큼 찬찬히 움직였다.

공교롭게도 아내는 나를 거북이라고 부른다. 느리다고.
무얼 하든 한 박자 느려서 이전에 연재했던 산문 시리즈
제목은 '한 발 느린 집사람'이었다. 게다가 바다거북은
밤에 깨어 있다가 밤에 알을 낳는데, 아침 늦게까지 자고
새벽에 작업하는 야행성 생활을 오래 한 생활 습관도
닮았다.

생일 아침이었다.

잠에서 갓 깬 내가 눈을 비비며 일어났더니 아내가 날
보고 있었다. 그는 꽉 안아주면서 생일 축하한다 말하고는
대뜸 노트북을 열어 보였다. 이게 뭐지……. 〈거북이와의
사치스러운 삶〉. 제목이 지나가며 소박하고 아름다운
우쿨렐레 연주가 흘러나온다. 위아래로 넘실대는 해수면
아래로 거북이가 거의 멈춘 듯 부유하고 있다. 분명
최선을 다해 움직이고 있는 것일 테다. 생일을 축하하며
아내가 만들어준 곡이 4분 동안 흐른다.

〈거북이와의 사치스러운 삶〉

재촉하지 않아

네가 움직이는 거 알아

느릿느릿

하지만 분명히

…

상냥하고 물렁한 네 눈에

눈물 흐를 때

고운 천으로 훔쳐줄 거야

슬픔 속에 숨은 기쁨

보일 때까지

푸하하 웃어버릴 때까지

…

오랫동안 불안했어

뭐든 이루지 못할까 봐

이제 알아 진짜 대단한 기적이 뭔지

그것은

아침에 열린 너의 두 눈 맞이하는 것

흰 등의 날개 알아보는 것

너를 계속 살게 하는 것

원테이크로 찍은 영상 내내 거의 같은 자리에 있는
거북이가 황당해서 웃고, 그게 너무 나 같아서 웃음이
나는데, 나는 자꾸 눈가를 닦으려고 안경을 벗었다. 이런
사랑을 받아도 될까.

영상 속 거북이는 자세히 보니 내가 퀸즐랜드에서 본
바다거북과도 닮았다. 죽지 않고 머물 수 있는 것 자체가
대단한 일이라고 부르던 아내의 노래가 오묘하게 포개진다.
지금 살아 이 노래를 듣는다는 사실에 고마운 동시에,
영상 속 무구한 그 거북이도 그럴지 생각해보게 되는 거다.
산호 가득한 바다에서 봤던 퀸즐랜드의 그 거북이는 바다
쓰레기와 뜨거워지는 지구와 포식자들로부터 안전한지.
픽셀 사이로 먼 안부를 떠올려본다. 거북이들도 뭐든 주고
싶은 이들과 헤엄치며 바다에 살고 있을 테니까. 수시로 두

눈을 떠 서로를 확인할 테니까. 바다거북들은 먼 거리를
헤엄쳐 떠나지만 결국 자신이 태어난 뭍으로 돌아온다.
그곳에서 부화한 새끼들과 아주 긴 시간 후 재회한다.
돌아오는 자는 그리워하는 자다. 인간만큼이나 거북이들도
그리움에 대해 아는 것이 있다.

　노래가 끝나자 이 집에 함께 살고 있는 두 고양이 숙희
남희가 울고 있는 내 곁으로 온다. 빤히 쳐다본다. 왜
우느냐는 듯이 눈을 깜빡인다. 아픈 데는 없는지 확인하듯
손바닥을 핥는다. 이들은 슬픔도 기쁨도 잘 알아본다.
중요한 순간마다 그들은 먼저 보고 옆에 앉는다. 우리가
함께한 시간은 짧지만 그들은 나만큼이나 내 세계의
주민이다. 목을 쓰다듬으며 나는 그들을 안심시킨다.
괜찮아. 괜찮아. 고마워서 그런 거야. 더 잘 살고 싶어서
그런 거야. 오래 살아야 해. 이상한 거 주워 먹지 말고.
아프면 아프다고 말하고.

　개수대 앞에서 물을 만질 때도, 눈물을 삼킬 때도,
텍스트의 바닷속에서 글이 써지지 않아 부유하며

괴로워할 때도 크고 작은 물이 우리 삶을 지난다.
이곳에서 나는 나의 바다를 잘 지키고 싶다. 그리고 멀고 가까운 당신들의 바다를 지키기 위해 할 수 있는 일들을 하고 싶다. 숙희 남희가 무사하게, 새끼에게로 돌아오는 바다거북이 다치지 않게, 오래된 산호들이 창백해지지 않게, 또 내가 모르는 당신들의 집이 쓰레기로 가득 차지 않게 잘하고 싶다.

매일의 헤엄을 당연하게 여기지 않으면서, 그것이 언제까지 보장되리라 쉽게 믿지 않으면서. 목에 걸린 뾰족한 말과 분해되지 않는 마음을 잘 솎아내고 뱉고 또 소화하며 살고 싶다.

코를 박고 너는 나의 살 냄새를 맡고 있다. 뾰족한 귀로
모든 미물을 엿들으며. 헤이, 밤새 얼마나 많은 소리를
모았는지 너는 알지 못할 거야. 괜찮은 꿈을 꿨니? 꿈에서
무엇을 데려왔어? 말하며.

길고 따끈한 몸이 올라온다. 아직 눈 감은 내 얼굴을
보더니 슬그머니 허벅지에 저를 얇게 말아 밀착시킨다.
짐승을 들이는 건 낮밤의 온도와 소리가 뒤바뀌는 걸
의미한다. 눈을 뜨려 애쓴다. 실금만큼 동공이 열린다.
익숙하고 웃기게 생긴 형체가 날 보고 있다. 겨우 윤곽만
알아볼 수 있지만 조심스러운 생명체임에 틀림없다. 새벽
6시부터 널 지켜봤어, 이제 깨어나다니, 반가워, 몸만 컸지
사냥도 못하는 너를 식구로서 좋아하지만 이렇게까지
식사를 기다리게 하면 정말 안달 나, 보고 있지만 말고

얼른 뺨이랑 턱을 만져줘. 이 모든 말을 몇 음절로 한다.

ㅁ─야─아─엉.

그들에게는 여러 문장일지도.

인간과 고양이가 함께 생활하는 이 풍경이 얼마큼 경이로운지는 잠시만 생각해보면 알 수 있다. 고양이는 삶에서 유래한 종이다. 먹기 위해 사냥하고 먹히지 않기 위해 발톱을 세워 늘 경계해야 한다. 포식자인 것이다. 집을 얻기 위해서는 자기 자리를 찾고 영역에 들어오는 타자와 맞서야 한다. 자신이 알지 못하는 모든 생명과 소리를 포착하지 않으면 빼앗길 수도 있다. 얼굴 절반만큼이나 귀가 크고 깊은 것도 그 이유에서일 거다. 살아남기 위해서. 내일도 여기 있기 위해서.

고양이가 영역을 내어주는 건, 그런 점에서 꽤나 큰 신뢰를 의미한다. 타인에게 서툴고 대체로 자기중심적이며 예측 불가능한 인간과 함께 살다니. 건물만큼 커다란 생명체가 큰 보폭으로 걸어 다니고(때로 뛰어다니고) 알지 못하는 온갖 사물과 가전제품 소리로 가득한 주택에서 말이다. 인간의 생활양식에 적응해주기로 하고도 그리 너그러울 수 있다니. 우리가 고양이의 세계에 투입되었다면 아마 불안에 떠느라 바빴을 거다.

아침에 특히 그들의 사회성에 감탄하곤 한다. 잠결에
부스럭대도 말 걸지 않다가 진짜로 일어났을 때 귀신처럼
알고 와서 인사한다. 잠을 이해하는 거다. 잠과 깸 사이의
상태도. 눈을 뜨지 않아도 이미 깬 나에게 깨지 말고 더
자라고, 기다리는 그들을 생각한다. 서로에게 중요한 것을
알아주고 침범 않으려 애쓰는 생명들이 작은 사회 아니고
무얼까.

숙희와 남희도 가끔 바깥을 꿈꿀까?

어느 오후 숙희가 사라졌다. 손님이 문을 열어둔 사이
벌어진 일이었다.
집 나간 고양이를 다시 만나지 못해 1년 지난 지금까지
찾는 친구 이야기가 화살처럼 나의 어딘가 박혀 있다.
사례금을 지급하겠다며 올라오는 실종 포스터들도.
겁이 나서 실내용 슬리퍼를 신고 뛰어나가 언덕과 차
밑을 확인하며 온 동네를 헤매었다. 풀숲 사이로 희고

검은 생물을 찾았다. 숙희야. 어디로 갔니. 제발. 네가
돌아온다면 참치 열 캔도 줄 수 있어. 간식도 주고 낚시
놀이도 아침 점심 저녁으로 네 시간씩 하고 말이야. 숙희야.
종일 그것만 하자. 네가 원하는 모든 걸 하자.

돌아오는 건 이미 어둑해진 마을의 고요와 이따금 경적
소리뿐이었다.

숙희야. 숙희야. 여기저기 애타게 이름을 부르고 괜찮지
않은 얼굴로 파트너에게 괜찮다고 말했다. 그렇게 한
시간이 흘렀다. 집에서 조금 떨어진 담장 너머에서 익숙한
소리를 들은 것 같다. 낮이고 밤이고 놀아달라고 조르던
목소리다. 격앙되어 있다. 새 길, 새 나무, 새 냄새, 새 동물,
새 아저씨의 출현 때문에 느끼는 온갖 호기심과 희열과
혼돈이 뒤섞여 어쩔 줄 모르는 듯하다. 많이 만난다고
기쁨의 면적이 늘어나는 건 아닌데. 많이 가진다고 더
풍요로운 건 아닌데. 숙희가 그걸 알았으면 했다. 아니지.
숙희의 기쁨은 다를 수 있다. 숙희의 지혜는 다를 수 있다.

울음은 멀어졌다가 멎었다가 가끔 가까워졌다. 담장을
넘나드는 숙희를 기다리고 지켜보다 깊은 밤이 되었다.
그리고 이내 숙희는 사라졌다. 그토록 사랑을 주었는데. 왜.

숙희에게 우리가 함께 사는 이곳은 그럼 집이 아니었을까. 일시적으로 머무는 곳처럼 여겼던 걸까. 나에게 숙희는 귀가를 알리는 첫 얼굴이었는데. 방에 있다가도 대답 없으면 불안해지는 집의 좌표 같았는데. 걱정됐다. 임시 보호소에서 태어난 숙희는 실내밖에 알지 못하는데. 밖에서 어떻게 살아남으려고.

미리 절망할 준비를 마쳤다.

엉덩이를 붙이려 애쓰다가 몇 분 지나지 않아 다시 밖에 나가 이름 부르고 들어오길 몇 차례. 모른 척하고 있으면 돌아오려나. 면사포처럼 슬픔이 내 낯을 덮는다. 망연자실 책상에 앉아 있는데, 창밖에서 익숙한 얼굴이 그 낯을 보고 있다. 무구한 눈망울로 볼 위의 두 점이 아직 거기 있는 숙희가 꼬리를 바짝 올리고 문 앞에 서 있는 거다.

그리고 덤덤히 들어왔다. 원망스러웠는데 너무 기뻐다 괜찮아졌다. 여기가 집인데 왜 걱정하느냐는 듯 몸을 뒤집고 꼬리를 허벅지에 댄다. 깨끗한 눈과 그렇지 못한 얼굴로 한참 나를 올려본다.

고양이들은 영역 동물이기 때문에 자신이 한번 간 곳은 전부 자신의 영역이자 집이라 여긴다고 들었다.

매일 그곳을 확인하고 싶고 그리 못 하면 집이 잘 있는지
걱정한다고. 가정에서 자란 고양이에게 산책이 이롭지 않은
이유다. 바깥에서 질병을 옮아 무지개다리를 건너기도
하고.

외출했던 주에는 문 앞에서 가끔 울었다. 열어달라고.
확인할 게 있다고. 나갔을 때 거닌 예닐곱의 마당을 전부
집이라 생각하는 거다. 숙희는 좋겠다. 이제 집이 일곱
채라서. 그리고 안 좋겠다. 집이 너무 쉽게 생기고 또 쉽게
사라지지 않아서.

며칠 지나니 더 이상 울지 않는다.

바깥으로 향하는 마음은 제가 만든 집이 확고해질수록
옅어지는 걸까. 나에게 몇 얼굴이 집이듯, 그들에게도 오늘
내가 그러할까.

숙희는 목제 스크래처 위에서 발을 둥글게 오므린
채 배가 다 보이게 누워 있다. 자기 향을 골고루 묻히며.
여기엔 나를 해할 존재가 없다는 걸 아는 자세다. 집은
그런 곳이어야 한다. 안심한 채로 우리 스스로가 될 수

있어야 한다. 그가 눈을 깜빡인다. 그러고는 책상에서 이 산문을 쓰는 나를 응시한다. 소리 없이 걸어와 다리에 얼굴을 비빈다. 숙희에게 내가 한 번 더 **집이 되는 순간**이다. 나에게 숙희가 한 번 더 집이 되는 순간이다.

집에 있어도 집은 여러 번 다시 시작된다.

채소 감상문

연재 기간 동안 아침마다 글을 쓰고 있다. 어떤 날은 일어나자마자 쓰기 싫다는 걸 깨닫는다. 요즘 수면이 들쭉날쭉해서 전두엽이 좀 느리고…… 오래 앉아 있어서 중둔근도 뻐근하다. 아침부터 글을 왜 써. 몸 풀고 양치하고 멍을 때려야지. 그러다 기적적으로 글을 쓰게 됐다고 해보자. 소재 상관없이 감사할 일이다. 운이 좋은 날이라면 단지 쓰고 싶을 뿐 아니라 깨끗하게 좋아해온 대상에 대해 쓰고 싶다는 의지가 생긴다. 그게 오늘이다…….

언제나 가까이 있어왔고 앞으로는 어쩌면 아닐 수도 있는, 채소에 대해 써보겠다.

무

혹자는 무는 국물 내는 데 쓰고 버린다. 아니 그걸 왜 버려? 그 맛있는 무를. 외치고 싶다. 어, 아뇨, 그거 제가 먹겠습니다.

잘 익은 무는 이전처럼 '무우'라고 표기했으면 좋겠다. 앞니로 살포시 스윽 누르면 깊이 들어가는데 그만큼 정확한 이름이 있을까. 무의 향은 마음을 편안하게 하는 힘이 있다. 국물까지 배면 반찬이 필요 없다. 수도관이 얼 것 같은 날, '무우'를 새콤한 간장에 찍어 먹고 싶다. 무가 얼마큼 뛰어나냐면 무가 들어간 국물은 평균 이하일 수 없다. 오뎅탕을 생각해보라. 거의 이렇게 말하고 싶다. 국물 내는 데 무를 쓰고 버린다면 결과지향적인 사람이 되고 마는 거다. 한편, 좀 다른 이야기지만 한자에 '없을 무無'가 있지 않나. 그러니까 맛이 부재하다고 할 때 보통 '무 맛'이라고 하는데, 나는 그게 언제나 무에게 실례라고 생각해왔다. 고소하고 달고 쌈싸름하고. 무 맛은 은근 다채롭다고…….

쑥갓

가장 그리웠던 채소는 쑥갓이다. 그 땅에서는 잘
자라지 않는다고 들었다. 식물들도 타국을 알아보는구나.
토양에도 체계가 있다. 이국의 언어처럼, 조금씩 다른
밀도와 성분으로 만들어졌다.

한국에 거주할 땐 쑥갓에 대해 별 느낌 없었다.
특별히 좋아하는 채소는 아니었는데 만나기 어려울수록
더 생각났다. 내가 가질 수 없는 식사와 풍경, 만날
수 없는 사람들의 상징 같은 게 되었다. 불가능은
무엇이든 애틋하게 만드는 성질이 있다. 한국에 돌아와
식당에 가보고 놀랐다. 무제한 샤부샤부였는데 쑥갓이
산더미처럼 쌓여 있는 거다. 말문이 막혔다. 저렇게
많이……. 금광을 발견한 기분이었다.

미국에서 지내던 어느 해, 한인 마트에서 추석을 맞이해
쑥갓을 팔았다. 쑥갓은 아무리 잘 보관해도 금방 상하므로
한두 봉 사는 것이 가장 적당한데 그날은 여섯 봉을 샀다.
어떤 것들은 기다려도 다시 오지 않는다는 걸 삶을 통해
배워온 사람들의 절박함이 있다. 그리고 다 먹지 못한 세
봉을 버리며 생각하는 거다. 어떤 좋음은 미리 구비할 수

없다. 우리가 누릴 수 있는 기쁨은 정량이 정해져 있는지도.

어쨌든 그날만큼은 쑥갓을 한아름 채운 샤부샤부를 해 먹었다. 1년을 버티게 해준 식사였다.

가지

어렸을 때보다 훨씬 좋아하게 된 채소. 가지는 풍미의 야채다. 단맛과 신맛, 살짝 떫은맛까지. '가지가지 한다'라고 말하는 어른들에게 대꾸하고 싶다. 하나만 하는 것보단 낫지요!(연관 없음) 그러나저러나 가지는 좋은 야채인데……. 비건지향적으로 드시는 분들은 라자냐에 가지를 넣어보셔라. 끝내준다.

토란

유년기에 즐겨 했던 RPG 게임에서 메인 캐릭터가 먹던 픽셀로 된 식량 같다. 흙 묻은 껍질이 잘 까지지 않을 때 그런 생각에 잠긴다. 신이 인간의 마력을 위해 만든 아이템이 틀림없다.

토란은 나에게 당을 뺀 고구마다. 거기다 높은 점성과 재밌는 식감도 가졌다. 쫄깃과 몰캉 사이. 뭐랄까. 쫄캉하다. 장모님 집에 가면 그가 토란을 한 바구니 쪄서 쌓아놓고 드시고 계신다. 그 이후로 내게 토란은 게임 속 아이템이 아니라 장모님의 주식으로 기억된다. 느긋하게 껍질을 까 소금에 찍어 먹는 모습 덕분에 나도 토란에 중독됐던 적이 있다.

한편 아내는, 우리가 유명 유튜브 채널 '겨울서점'에서 김겨울 작가와 왓츠 인 마이 백을 찍는 날 토란을 잔뜩 가져갔다. 그리고 너무 많은 물건을 늘어놓는 내 옆에서 계속 까먹었는데 그게 고스란히 녹화되었다. 그는 정기적으로 고구마 같은 구황작물을 쪄서 냉장고에 넣어둔다. 식량을 비축하는 비버처럼.

브로콜리

브로콜리에겐 미안하지만 밴드 이름부터 떠오른다.

브로콜리너마저…….

왜?

브로콜리가 어쨌길래……. 브로콜리는 원래 믿음직한 친구였구나…….

브로콜리에게 한 번 더 미안한 건, 실은 늘 이렇게 생각해온 탓이다. 브로콜리보단 콜리플라워지……. 브로콜리는 빽빽해서 왜인지 동물의 머리 같기도 하고 콜리플라워는 잎사귀가 많은 흰 버섯 같다. 문상훈 작가는 '브로'라는 동물의 꼬리라고 농담했다. 그게 뭔 상관이냐고? 상관없다……. 사실 잎의 밀도 때문은 아니고 콜리플라워의 담백한 맛을 선호한다. 좀 이상하지. 둘 다 나무를 닮은 채소인데 희고 창백한 종을 더 좋아하다니.

그나저나, 그 장면 아시는지? 〈더 오피스〉에는 야채를 안 먹는 캐릭터 케빈이 등장한다. 그가 성인이 돼서야 처음으로 브로콜리를 먹어보는 장면이 인상적이다.

이파리가 아니라 기둥부터 먹기 시작하자 다른 캐릭터가 묻는다.

"왜 아래쪽부터 먹는 거야?"

"글쎄, 난 이걸 먹어본 적이 없어."

브뤼셀

아기 양배추. 브뤼셀을 처음 본 날 아내가 그랬다. 그럼 브로콜리는 꼬마 나무인가…….

암튼, 브뤼셀을 마늘과 간장에 살살 졸인 뒤 캐슈너트를 으깨 뿌려주면…… 간단하지만 굉장한 반찬이 된다.

콩나물

어떤 음식은 나를 다시 다섯 살로 만든다. 그는 자주 아팠다. 몸살감기에 걸리면 열이 39도까지 올라가곤 했다. 이불을 덮고 누워 있으면 부엌에서 콩나물 삶는 뭉근한 수분 냄새가 났다. 그것만 먹으면 이제 곧 나으리라고 믿었다. 콩나물국 때문인지 그때 보살펴준 엄마의 건강 염려증 덕분인지 다행히 나는 그때보다 건강하다. 엄마는 콩나물을 많이 먹고도 왕왕 아팠다.

여느 식당에 나오는 반찬이라 은근 홀대받지만,

고춧가루와 참기름과 소금에 슥슥 버무린 콩나물 무침은
정말 맛있다. 해외로 수출해야 하는 첫 번째 레시피라
생각한다. 미국에 있는 일식당에 가면 미역 절임을 돈
주고 사 먹곤 했다. 콩나물은 그것보다 열 배는 더 맛있고
누구든 해 먹을 수 있다. 한때 가장 먹고 싶은 찬은
콩나물이었다. 많은 사람이 가질 수 있는 것일수록 실은
더 소중한 것일지 모른다.

숙주

숙주에게 송구하게도 나는 언제나 콩나물을 선호했다.
그래놓고 쌀국수를 먹을 때만 아닌 척했다. 죄송합니다.
쌀국수의 부드러운 식감에는 뭐니 뭐니 해도 숙주가
최고지. 쌀국수와 콩나물을 같이 안 먹어봐서 길고 짧은
걸 대보지는 못했다.

마

물컹함. 소바 속 끈적임. 콩과 닮지는 않았지만 낫또와

점성이 비슷하다는 점에서 둘이 친척쯤 되지 않을까 짐작해본다. 쭉 늘어지는 식감을 사랑한다. 끊어지지 않는다는 게 왜 좋을까. 치즈도 비슷한 의미에서 좋아하지만 마를 먹으면 아무도 안 다친다.

아내는 마가 콧물 같다고 했다. 이후에도 나는 마가 들어간 음식을 잘만 먹는다. 마 소바. 마 뭇국. 마 구이. 식사와 식사가 끊기지 않고 찐득하게 이어지듯 365일 먹을 수 있다.

파프리카

절판한 나의 첫 시집에는 「파프리카」라는 시가 있다. 파프리카의 실루엣과 입체적인 맛에 대해 쓰는 대신 그 시의 일부를 여기 옮겨둔다.

어깨가 많다 나는

부러 어깨를 구부려 굴곡을 만들어

둥글어지지 않기로

조금 더 붉어지기로

밤마다

나는 자주 비어 있어

근심이 늘어

오늘도 어깨는 자란다

미나리

한국의 고수라고 주장해본다. 모두가 선호하는
식자재는 아니다. 청소년일 땐 미나리를 싫어했다. 그러다
스무 살이 되며 그렇게 생각했었다. 미나리를 싫어하는
사람과 연애할 순 없겠지. 스무 살은 바보 같은 생각을
많이 하고 미나리 들기름 막국수는 예술적인 조합이다.

갓

나에게 '갓'이라는 단어의 의미는 크게 세 번 바뀌었다.
학창 시절에는 가수 god였고…… 교회를 열심히 다니던
시절에는 신을 떠올렸으며…… 이제는 갓 파스타다.
갓김치를 넣고 만든 파스타는 그만큼 맛있다.

적근대

붉고 힘이 세 보이는, 추운 지방에서도 살아남을
것처럼 생긴 야채. 적근대. 관우와 장비가 먹었을 듯한
이름. 우리 몸 안에 하나쯤 있을 법한 관절 같은 느낌.
꽤 쌉싸름하지만 상추에 강된장을 반 스푼 얹고 달큰한
더덕을 조금 넣어 싸 먹으면 더 바랄 게 없다.

청경채

청경채는 궁전에서 먹던 채소다. (아니다.) 아니고서야
어찌 임금님 지나가실 때 땡볕을 가려주는 커다란 부채
실루엣을 지닐 수 있단 말인가. 귀족과는 거리가 먼 나는
청경채의 맛을 별로 좋아하지 않는다. 사천식으로 마늘
기름에 볶은 청경채 요리는 즐긴다.

대파

비건지향적으로 근사한 화식 요리가 당기신다면 대파를
준비하시라. 굵고 힘 있는 대파일수록 좋다. 프라이팬에

굽기만 해도 아주 훌륭한 요리가 된다. 소금, 후추를 뿌리면
충분하다. 진액이 막 흘러나온다. 사람더러 진국이라는
비유를 자주 쓰는데, 대파 구이 진액을 먹어보면
사람보다는 대파가 더 낫다는 걸 알게 된다.

21세기의 야채들

21세기의 야채들은 기후 때문에 위기를 맞고 있다.
이대로 온도가 상승하면 2050년대에는 한국에서 대다수
채소들의 재배가 어려워진다고 한다. 인간이 부지런히
살았을 뿐인데 많은 종이 위기를 맞게 된다. 우린 무얼
이루고 싶었던 걸까?

농업 종사자들은 매년 그것을 최전선에서 확인한다.
그들은 식물을 돌보는 관리자인 동시에 현장에서 수확의
데이터를 매일 들여다보는 관찰자이기도 하다. 그들의
근무 환경이 어려울수록 결과는 우리가 감당하게 된다.
애석하게도 농부들은 쉽게 내쳐진다. 입으로 먹지 않지만
꼭 소화하고 싶은 중요한 물질들—이를테면 책이나
문화예술—과 관련된 모든 예산이 갑자기 내쳐지듯이.

한편 채소를 거두는 끝 작업은 대부분 이주노동자들이
한다. 우리가 먹는 쑥갓, 미나리, 적근대, 대파는
그들 손에서 맺어진다. 강도 높은 육체노동을 쉬지
않는 그들에게 고맙다고 말하고 싶다. 언급하지 않은
채소들에게도 고맙다.

냉면을 먹고 스르르 낮잠에 들었나 보다. 땀을 너무
많이 흘리며 일어났다. 선풍기가 부지런히 돌아가고 방은
적막하다. 해가 졌구나. 얇게 편 어둠이 벽지처럼 방을
둘러싸고 있다. 밤은 언제나 갑자기 와 사방에 있다.

다시 잠든다.

자는 동안 귀뚜라미 소리가 들려서 음, 시간이 많이
흘렀구나, 하고 눈 감은 채로 생각했다. 그리고 그대로
다시 잠들었다. 깨보니 환한 새벽이다. 이 무성한 잎들이
언제 다 떨어졌지? 2층 창문 높이까지 낙엽이 차 있다.
멀리 떠내려간 배의 선원처럼 나는 커튼을 열어 밖을 한참
확인하고 닫는다. 눈에 띄고 싶지는 않지만 누군가에게

구조되고 싶은 날도 있다. 동시에 내가 사라져버리길
바랐다. 털어놓을 수 없는 비밀이 많았다. 한 사람을 지키기
위해 나를 모두로부터 숨겼다. 스스로를 10년간 침묵하게
만들었다. 아무 소리도 낼 수 없고 표지도 만들 수 없는.
그리고 너무 목마른 시간이 지났다.

베개를 껴안고 다시 눕는다.

깨보니 10년이 지났다. 침실에서는 어제 아내가 내려둔
고소한 백차 향이 나고…… 고양이들은 몸을 말아 히읗
자로 발치에서 잔다. 걔들 잠 냄새가 여기까지 난다. 분명
살구색 코에서 나는 냄새가 틀림없다. 저들을 보고 어찌
다시 잠들지 않을까.

자는 동안 넓고 차고 느린 바람이 분다. 어디서 오는
바람이지.

기분이 너무 좋다.

너무 좋아서 새로 태어날 것만 같다.

끝이 적당히 뾰족한 플라스틱 빗자루 소리가 들린다.
뭐지? 오랜만에 듣는 소린데. 앞집 스님이 눈 치우시는

소리다. 눈을 비비며 일어났다. 벌써 첫눈이 왔어? 꿈에서
빠져나왔다. 사계절이 다 갔다. 반팔을 입고 잤더니 너무
춥다. 첫눈 온 날은 눈을 만지고 밟고도 싶지만 첫눈이
왔다는 기분만 누리고 싶기도 하다. 나가기 싫어서
망설이다 손 닿는 네온색 연둣빛 스웨터를 집어 대충
머리를 넣고 이불 속으로 다시 파고든다.

웬걸. 아직 2051년이네.

알람이 울린다. 머리가 무겁다. 아주 긴 시간 여기 누워
있었던 것 같다.
1년 만에 켜진 녹음기처럼 천천히 몸을 움직인다.
눈꺼풀을 닫은 채 왼손으로 충전기를 떠듬떠듬 만지며
전화기를 찾고 게슴츠레 오른쪽 눈을 떠 시간을 확인한다.

6시 28분.

이른 아침이니까 진짜 조금만 더 자자.
찌부러진 안경을 베개 위에 두고 다시 잠든다.

깨고 나면 봄일 것이다.

앞마당 귤나무 가지로 새순과 새 언어, 새 인생이 밀린 우편처럼 도착하는 중이다.

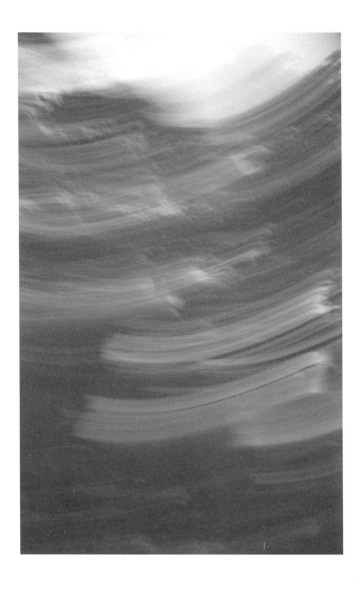

눈에

덜 띄는

동네

"곧바로 우회전하셔야 해요, 기사님. 네, 여기요. 여기여기, 아니 여깁니다……. 앗…… 네, 저기서 바로 꺾으셨어야 해요."

세 갈래로 갈라지는 도로가 이어진다. 그러다 뜬금없는 데서 우회전해야 집으로 향하는 골목에 들어선다. 눈에 덜 띄는 동네에 사는 사람은 설명이 길어진다. 그게 자칫 호들갑으로 보일까 봐 걱정하고 동시에 긴장한다. 거의 다 와서 나는 자주 길을 잃는다. 중요한 순간마다 그래왔다.

여긴 정릉이다. 고요하다면 고요하고 낙후되었다면 낙후된 곳에 있다.

가파른 언덕을 올라서면 북악중학교 정문이 보인다. 향나무 냄새가 풍기기 시작하면 학교에 가까워진 거다. 모른 척하기 어려운 키치한 목소리가 들려온다. 마이크를

차고 수업하는 체육 선생님이다. 톤은 레크리에이션
진행자와 비슷하지만 딱딱하지 않다는 점에서 마음에
든다. 아침에는 K팝이, 체육 시간에는 축구와 농구를
지도하는 선생님의 목청이 북악중 스피커를 뚫고 동네를
가로지른다.

"그러줘. 다시 자리로."

요즘 체육 수업은 저렇게 하는구나……. 학교에 다닌 지
너무 오래된 나는, 한때 하늘색 체육복을 입고 같이 피구를
했지만 이제 연락하지 않는 친구들을 거기서 본다. 어떤
시절은 옷차림이나 느낌으로만 남는다. 냄새 같은 걸로.
얼굴은 흐릿하다. 걔들은 지금 어디서 뭐 하고 있을까.
거의 매번 자유 시간을 주고 교무실에서 주무시던 체육
선생님은 운동장이랑 멀리 있을까?

북악중학교 앞에는 북악슈퍼가 있다. 아담한 가게다.
웬만한 침실보다 작은 공간이다. 옅은 머스터드색 진돗개가
상주한다. 그는 혀를 길게 빼고 엎드려 사람들을 구경한다.
그의 시선이 할머니를 향한다. 슈퍼 할머니는 난로 앞에
누워 TV를 본다. 귀가할 때마다 가파른 언덕을 오르며 그

작은 가게와 작은 할머니와 적당히 지친 동물을 본다.

서른 살 넘긴 이 슈퍼는 모던함과 거리가 멀다. 낡은
간판이 눈에 띈다. 바래다 못해 글자 사이사이로 백색 홈이
파였는데 어떤 날은 그게 시간이 남긴 신발 자국 같다고
생각했다. 나는 그 간판을 좋아한다. 지나치게 화려한
그래픽과 너무 많은 색에 지친 눈이 편안해진다.

슈퍼는 처음 열었을 당시 외관을 유지한 듯하다. 달라진
게 있다면 작은 담장이 생겼다. 슈퍼를 개조해 일부는
집으로 만드셨다 해도 믿길 만큼 작아 보인다. 애매한 허그
같다. 엉거주춤 연결된 어깨 같다. 꿰매인 공간에서 삶의
온갖 유격을 마주했을 사람을 상상해본다.

슈퍼 옆에는 열 개의 밥그릇과 물그릇이 있다. 영하로
떨어지는 날씨에도, 한여름에도 거기 있다. 그가 챙기는
생명의 수는 늘어간다. 자기 몸만 한 사료 포대를 들고
길고양이들 끼니를 챙기는 할머니를 본다. 누군가는
불편하다는 이유로 길가에 동물을 버리고 누군가는
생존이 어려워진 그들의 식사를 걱정한다. 꼬리 든 자들이
모여 있다. 집이란 건 결국 한 사람 덕분에 생겨난다. 한

사람만 있으면 된다. 그 한 사람을 만나기가 지난할 만큼
어렵고 어쩌면 한 생이 걸린다는 점만 빼면 단순하다.

고양이에게는 집의 감각이 특히 중요하다고 알고 있다.
귀가 예민해 쉽게 마음 놓지 못하기 때문이다. 몸집이 작은
자들에게 바깥은 위험하다. 갑자기 튀어나오는 오토바이.
자동차. 너무 빠르게 뛰어다니는 학생들. 전부 공룡만큼
무서울 거다. 그럼에도 발 딛는 곳 모두를 제 영역이라
여기는 고양이들은 매일 동네를 순찰한다. 순찰을 마치면
다시 슈퍼 앞이다. 할머니가 그들에게 만들어준 건 동네일
뿐 아니라 돌아올 자리, 돌아올 대상이다. 여기부터
집이라고 가리키는 바로 그 얼굴.

북악슈퍼 근처 담장 밑에는, 전봇대 뒤에는, 보닛 밑에는
언제나 할머니를 둘러싼 몇 쌍의 눈동자가 있다.

가파른 언덕을 오르면 연녹색 빌라가 등장한다. 1층과
2층 사이엔 돌과 타일로 만든 투박한 장식이 있고 그
아래에는 거대 어항도 있다. 언덕에 지느러미 달린
물고기들이 머무는 풍경을 생각하니 왜인지 기구하다.

그 빌라 앞에서 대부분의 택시는 멈춘다. 영락없는

낭떠러지처럼 보이기 때문이다. 내비게이션은
직진하라고 분명하게 안내하지만 길이 없는데 어떻게
가나. 기사님들은 차에서 내려 앞을 확인한다. 재차
말씀드리지만 어떤 믿음은 두 눈으로 확인해야만
생겨난다. 믿기 시작한 자와 나는 벼랑 밑으로 천천히
굴러간다.

　조금만 이동하면 사람들이 판자촌이라 부르는 집들이
모습을 드러낸다. 양철 판자를 겹겹이 덮어 지붕을
만들었다. 날아가지 않게 돌을 얹어둔 곳도 많다.

　깔끔하게 단장하고, 메이크업까지 마친 채로 언덕을
구석구석 쓸고 청소하는 한 사람이 매일 보인다. 그분이
너무 멋있어서 왠지 언니라고 부르고 싶어진다. 언제든
머리를 쫙 매어 올리고 파티에 참석해도 될 만큼
근사한 옷을 입은 채로 빗자루질을 하고 계신다. 저기
빌라에서부터 쭉 내려오며 자기 집 앞뒤 500미터 반경을
청소한다. 아무도 시키지 않은 청소다.

　이른 새벽에도 그를 본다. 폭염이 오고 폭설이 와도 집
앞을 쓸고 닦는 건 어떤 마음인지. 옆집과 윗집, 앞집과

아랫집까지 쓸고 닦는 사람의 마음은.

구도자가 아니어도 같은 행위를 매일 반복하는 이들에 대한 동경이 있다. 나는 대체로 실패하기 때문이다. 충분히 행하는 사람. 주인처럼 자신을 다루는 사람. 하루하루 저와의 약속으로 향하는 그를 마주칠 때마다 내 안에 작은 활기가 태어난다. 거울에 튕긴 빛처럼 우리는 서로에게 도착한다.

언니는 재작년부터 청소의 반경을 꾸준히 늘려왔다. 빌라 앞만 쓸던 그는 이제 거뜬히 빌라 양옆 반 킬로미터는 청소한다. 매일 운동하며 중량을 늘리는 사람 같다. 팔굽혀펴기처럼 늘어나는 가꿈의 세계.

언니를 지나고 판자촌을 지나면 정릉요양병원이 나타난다. 부모를 방문하는 젊은이보다 노인을 찾아오는 다른 노인을 주로 본다. 세대를 넘나드는 재회는 드물다. 노인이 된다는 건 뭘까. 규남이 떠오른다. 기골이 장대했지만 말년에는 단순한 이동에도 도움이 필요했다. 그는 매주 가던 식당, 뒷산, 오랜 단골 가게에 갈 수 없게 됐다. 그의 표정에 흐르던 상실감을 기억한다. 할아버지는

오래 누워 계셨다. 이동이 어려워지는 건 가장 중요한
공간과 거기서 시작된 시간의 일부를 잃어버림을 의미한다.
작가 카로우 셰지아크가 브라질 양로원의 노인들 방에서
수많은 사진을 발견한 것도 같은 이유다. 물리적으로
움직일 수 없으니 시제를 넘나들 수 있는 매개를 찾게
되고 이동이 불편해진 사람들은 방에 사진을 붙여놓았다.
걸어서, 뛰어서, 기차에 올라서 이동할 수 없으므로
사진을 통해 계속 움직이려 했겠구나. 그것은 과거를 자주
출입하는 자들의 공간이었다. 사진들은 추가됐다. 또
하나의 표지판처럼. 또 하나의 행선지처럼.

　마침내 집에 도착했다. 택시에서 내린다. 내리자마자
집에 들르지 않고 내리막길을 걷는다. 과일이 먹고 싶다.
기분이 쓸쓸한 날은 토마토를 사러 간다. 샛길을 따라
내려가면 편의점과 식당, 주점 등이 나온다. 국민대
학생들은 그곳을 '지하 세계'라 부른다. 꽤나 섬뜩하고
환상적이다. 가로등이 많지 않다는 점까지 들어맞는다.
지하 세계로 가는 길에는 고시원이 많다. 타국의 학생들도
산다. 창밖에 같은 모양새의 실외기가 일정한 간격으로

놓여 있고, 그들의 방은 도서관 열람실처럼 동일한 구조다. 누구도 도드라지지 않는다.

중국, 인도, 필리핀, 북미와 유럽 등 다른 나라에서 온 학생 수가 전보다 늘었다. 꽤 많은 타국인이 살지만 타국인을 위한 행정은 여전히 친절하지 않다. 간단한 서류 한 장도 처리하려면 출입국사무소에 가야 하는데, 예약 방문만 가능하다. 날짜를 잡는 데 보통 한두 달이 걸린다. 이주민을 보면 익숙한 마음이 날 통과한다. 타국인의 필요는 필연적으로 덜 보인다. 그리고 그들은 정작 자신이 덜 보이고 싶을 때, 더 눈에 띄는 존재가 되기도 한다. 타인의 눈빛을 통해 자연스레 알게 된다. 내가 다른 나라에 있구나. 나를 다르게 보는구나.

미국에서 비슷한 입장이었던 나는 그들이 어떻게 지내는지 궁금해진다. 문법이 어려운 한국어를 어떻게 배우는지. 말이 서툴다고 사람들이 인상을 찌푸리진 않는지. 대중교통에 오르고 내릴 때 조마조마해지지 않는지.

한국의 친구와 동료 들에게 전화하던 나를 그들에게서 본다. 시차 때문에 늦은 밤이나 이른 아침에만 걸 수 있는

전화였다. 방에 들어섰는데 갑자기 울대 안으로 밀려오던
설명하기 어려운 기분을 기억한다. 저들도 어느 밤에
무언가를 느닷없이 삼킬까.

　마음이 묘연해지는 고시원을 두 블록 지나면 편의점과
마트가 보인다. 마트 사장님은 앉은키와 비슷한 높이의
스탠드에 전자책 리더기를 헐겁게 고정시켜둔 채 언제나
책을 읽고 있다. 인사를 건네고 전자책으로 시선을 옮긴다.
　언젠가 그는 스스로 활자 중독자라고 했다. 세계 전집도
읽고 문학도 읽어왔지만 요즘은 주로 판타지소설을
읽으신다. 이유를 여쭈니, 생각을 멈추고 그저 서사에
끌려가며 읽고 싶다고. 산문을 쓰는 아내와 시를 쓰는
나는 상념에 잠긴다. 가능하면 많은 독자를 초대하고 싶기
때문이다. 이러나저러나 매혹은 늘 화두일 수밖에 없다.
문학…… 뭘까. 매혹이…… 뭘까. 어떻게 하면 그도 읽고
싶어지는 책을 쓸 수 있을까.
　백 명 넘는 손님을 상대하는 그를 상상해본다. 열두
시간씩 같은 자리에 앉아 있으면 금세 답답할 거다. 책도
읽고 싶어질 거다. 그러다 중요한 장면으로 진입할 즈음

누군가 들어온다면? 계산대에 초콜릿을 내려놓고 2천
원짜리 전자레인지 팝콘이 맛있냐고 묻고, 담배 있냐고
묻고, 새로 나온 위스키가 있냐고 묻는다면? 사유의 끈은
자꾸 끊길 거다. 어디까지 읽었더라……. 집중해보려
하지만 젊은 부부가 과일을 사러 입장해서 맛있는 수박은
어떻게 고르느냐고 물을 거다. 판타지소설이라는 장르를
택한 사장님이 금방 납득된다. 잽싸게 다시 올라탈 수 있는
이야기가 필요하셨을지도 모른다. 그러나저러나 아직 읽는
사람들이 동네에 남아 있다는 게 좋다. 언젠가 그의 손에
들려 있는 이 책을 상상해본다. 사장님은 카드를 돌려준 뒤
말없이 웃으시고 독서대로 시선을 움직인다. 그는 익숙하게
돌아갈 곳이 있다. 그 사실이 좋아 보인다. 마트에서 일하는
동안 그의 또 다른 집은 활자 같다.

　이 동네에는 그런 사람들이 산다. 눈동자만 보이는
고양이와 작은 할머니와 할머니의 개, 언니, 부지런히
쓸고 닦는 언니, 거길 지나는 이주민들 그리고 활자 중독
사장님. 그들이 모여 만드는 언덕을 본다. 속도와 기울기가
다른 생활이 쌓이면 동네가 된다. 고양이들이 새끼를

낳는 동안 노인이 노인을 만나는 동안 지하 세계에서
대학생들이 떠들썩하게 한 치 앞도 모를 미래를 도모하고
체육 선생님 목소리가 운동장을 관통하는 동안 그들이
만드는 능선은 정릉에서도 여기만 있다.

장대비가 쏟아진다. 쉬지 않고 쏟아지는 바람에
대나무가 몸을 가누지 못할 만큼 휘었다. 여름을 무사히
버텨야 한다. 팽팽한 줄로 가느다란 대나무 몸을 옆에 있는
굵직한 나무에 묶는다. 따로 또 함께 견디는 방식이다. 같은
시기에 심은 나무인데도 높이와 굵기가 이렇게나 다르다.
육중한 비를 버티느라 그들은 고개를 자꾸 숙인다. 무게가
전부 다른 이 절기를 그들은 적당히 나눠 가질 것이다.

하나둘 여름으로 들어서는 걸 지켜보느라 조금 늦었다.
나는 우산과 안경을 챙겨 부랴부랴 정릉의 능선을 오른다.
오르다 보면 다른 계절이 시작된다.

이 집의 질서

잠에서 깨면 거짓말처럼 견갑골과 햄스트링은 다시
단축돼 있다. 어젯밤에도 재작년에도 밤낮으로 해온
스트레칭은 없었다는 듯이.

기억력이 좋지 않은 어깨를 크게 앞뒤로 돌린다.
왼쪽 다리를 침대 프레임에 얹고 오른쪽 다리를 뒤로
뻗는다. 내일도 같은 자세로 어깨를 풀리라 예감하면서.
장요근이 학의 날개처럼 펴진다. 물론 학을 본 적 없고
장요근도 살 안에 있으므로 보이지 않는다. 보지 않고도
믿어지는 것들이 있다. 믿어지기 때문에 보았다고 믿기도
한다. 향나무처럼 단단해지는 내전근. 전기가 흐른다.
허리춤까지 오는 책상 위에 허벅지를 올린 채, 발끝을
몸 쪽으로 당겼다가 바깥으로 밀어낸다. 노끈 같다. 너무
아파서 처음엔 잘못된 줄 알았다. 무지는 그런 거다.

어떤 불편함이 필요한 것인지 분간할 수 없는 상태. 밤새 수축된 햄스트링은 아주 조금씩만 늘어난다. 서른 해 동안 굳은 조직이 세 달 만에 풀릴 리 없다. 필라테스 선생님은 햄스트링이 원상태로 돌아가는 게 다행이라고 말했다. 아니었다면 우리 모두 고무 인간이 되었을 거라고.

약간의 통증과 희열이 동시에 몰려온다. 보이지 않지만 분명하게 나를 지나가는 실체. 고관절이 풀리자 걸음걸이가 달라지고 어깨가 이완되고 허리 근육이 느슨해진다. 왜 약간의 통증을 느낄 때 무언가 제대로 하고 있는 것 같을까.

몸을 풀기 전에 침대를 벗어나지 않는 것. 이 집의 첫 번째 질서다.

아침이 시작된다.

몸을 다 풀고 아내와 주방으로 간다. 주방은 오차 없이 깨끗하다. 왜냐하면 어제의 내가 그릇을 씻고 주방을 정리해두었고, 아내가 청소기를 돌려놓았기 때문이다. 정돈에 있어 우리는 조금 강박적이고 주방은 기억력이 좋다. 같은 자세로 그 자리에서 우리가 한 일을 전부 기억한다. 매일 같은 장면을 반복하며 두터워지는 기준.
그리고 확신들.

아내는 어제 불려놓은 서리태를 두유 메이커에
담는다. 25분 후 서리태 두유가 만들어진다. 좀 식혔다가
엄지만큼의 식물성 유산균 가루를 천천히 넣으며
저어준다. 여덟 시간을 기다리면 요거트가 완성된다.
저 적은 양의 효소가 저보다 열 배는 많은 두유를
유산균 덩어리로 바꾼다. 온도에 아주 취약하지만 몇 배
넘게 몸이 불어날 만큼 힘이 세기도 하다. 이 세계의 신비한
불균형들.
거기 견과류와 꿀 등을 넣으면 풍성한 한 그릇이 된다.
집에서 비건 요거트를 제조할 수 있다는 사실도, 이리
간단하고 비용 또한 적다는 것도, 이제는 믿어질 만큼 이
루틴은 지속돼왔다. 옆에서 나는 사과와 토마토를 물로 한
번 헹군다. 베이킹소다에 버무린 뒤 식초로 씻어낸다. 모든
아침은 사과와 토마토에서 시작된다. 그게 이 집의 두 번째
질서다.

입에 넣은 사과를 씹으며 아내는 요거트를 두 그릇에
나눠 담고 견과류와 아카시아 꿀을 더한다. 영감은
유산균에서 온다. 그렇게 말할 수는 없지만 건강한 장이
도움닫기 정도는 해준다고 믿게 되었다. 장이 아프면
아무것도 할 수 없다. 운동도 사유도 메일 답장도 원고
작업도 없다. 화장실에 앉아 메일을 쓰기 전까지 몰랐다.
장이 건강했을 땐 믿지 않았다. 우리가 믿는 것들은 이토록
취약하다.

간단히 아침을 먹고 나면 가장 깨끗한 상태로 오늘
써야 할 글을 쓴다. 첫 두 시간은 휴대폰을 확인하지
않는다. 쓰기 전에 외부의 어떤 것도 들이지 않기. 쓴 것을
저장하고 백업한 뒤 점심 전까지 속도 내어 메일 답장 및
잡무를 한다. 지난 몇 년간 거의 동일한 방식으로 오전을
보냈다. 얼마큼 더 프리랜서로서 일할 수 있을지 모른다.
이 생활이 언제든 끝날 수 있다고 각오하며 살고 있다.
그럴수록 몸을 접고 펴며 과일을 씻고 요거트를 만들고
동일한 시간 구조로 들어선다. 이 생활을 지키고 싶다.
불규칙적인 수익 때문에 마음 졸이는 밤도 있지만 시간을

원하는 대로 디자인하는 기쁨이 크다. 밤에도 주말에도 근무시키던 회사에 그렇게 서운했는데, 내가 하기로 한 일들이니 갑자기 기껍다(죄송합니다). 기꺼워야 한다. 내가 안 하면 아무도 대신해주지 않는다. 프리랜서는 모든 보상과 책임을 동시에 떠안는 사람이다.

　잠이 모자란 날도 있다. 친구를 만나고 새벽 늦게 잠들었는데 다음 날 공사를 하는 바람에 네 시간 만에 깼다. 잠은 힘이 세다. 그간 쌓아온 질서를 단숨에 무너뜨린다. 그 좋아하는 요거트도 과일도 번거롭게 느껴지고 종일 머리가 무겁다. 글도 안 써지고……. 애초 이 원고 청탁을 왜 받기로 했는지도 모르겠다. 게다가 아주 사소한 악재—가령 설거지하다 물이 튀어 옷이 전부 젖거나 화장실에서 치실과 치약이 와르르 떨어지는—가 이어지면 갑자기 묻게 되는 거다. 이 모든 반복이, 이 모든 아침을 여러 번 보내는 것이 무슨 소용이냐고. 호르몬이 제조한 생각이다. 눈에 보이지도 않는 녀석이 이 모든 기분을 결정한다. 독재적이다.

　몸이 신호를 보내는 날은 저항하지 말고 일찍 잠자리로

향할 것. 충분히 수면할 것. 이 집의 세 번째 질서다. 그래야만 다음 날을 사수할 수 있다.

이 글을 잘 맺기 위해 이제 자려 한다. 자지 않으면 좋은 초고를 써놓고도 퇴고하며 다 헝클어놓는다. 좋은 걸 가지고도 가진 줄 모르는 상태는 가지지 못한 것과 다름없다.

그러니까 나는……

나는……

………

Zzz.

눈에

덜 띄는

사람

손바닥만 한 화면에 벗겨진 정수리와 전등만 보인다.
왼쪽 눈썹이 잠시 나타났다 사라진다. 곧이어 엄마 아빠의
콧구멍이 보인다. 휴대폰이 UFO처럼 움직이며 둘의 일부만
비추다 마침내 얼굴이 드러난다. 왜곡 탓에 둘의 얼굴은
위아래로 길지만 즉각 알아볼 수 있다. 익숙한 나의 일부가
거기에서 보이기 때문이다.

먼 집에 사는 부모를 만나는 방식이다. 화상전화. 페이스
타임. 떨어진 사람들은 그런 식으로 만나기도 한다. 이제
육십대 후반이 된, 디지털 리터러시 없는 미숙과 종찬은
이내 자기 얼굴이 화면에서 사라진 줄도 모르고 열심히
말한다. 밥은 뭐 먹었어? 춥지는 않어? 때때로 노래도
불러준다. 한때 나에게 집은, 집의 이미지는 흔들리는 화면
속 미숙과 종찬이었다. 먼 얼굴들이었다.

오늘은 한 번도 써본 적 없는 아빠에 대해 쓰기로 한다.

종찬은 대체로 신사의 모습이다. 항상 정장을 입고
다닌다. 예상을 빗나가는 핑크, 라이트 퍼플, 로즈
레드 넥타이 조합과 함께. 어딜 가든 중절모를 쓰고
늘 주머니에는 빗이 있다. 비록 몇 가닥 남지 않은
머리카락이지만 가르마를 말끔히 타기 위해서다. 사람들을
만나면 중절모를 벗어 한 손에 들고 고개 숙여 인사한다.
훨씬 젊은 나의 친구들에게도 똑같이 한다. 친구들이
당황하며 더 정중히 고개 숙인다.

　그러다 운동 갈 때면 영문 모를 네온색 바지와 셔츠를
입는다. 엄마는 그것을 부끄러워하지 않고 같이 화려하게
입는다. 어쩌면 너무 부끄럽기 때문에 그럴지도 모른다.
둘 다 왜 그리 입는지 굳이 묻지 않는다. 나도 중년이 되면
자녀가 이해 못할 코드로 입게 될까 두렵다. 아빠도 할머니
할아버지의 옷차림을 보며 멀다고 느꼈을까?

　종찬은 신문을 여덟 종류 읽는다. 크고 작은 세계의
기술, 문화의 움직임 등을 스크랩하며 따라가려 애쓴다.

내가 시카고에 거주할 때 종찬은 가끔 구글 맵을 켜 다운타운을 지나 도로를 지나 나의 동네에 방문했다.

"아들, 나 지금 시카고에 왔어."

마우스를 옮겨 빌딩 좌표 앞에 자신을 놓고 전화한 적도 있다.

그의 너디함은 기계공학을 공부하고 가르쳐온 역사와 관련이 깊다. 하루는 가족끼리 도자기 공방에 갔다. 공예 경험이 없는 엄마, 나, 동생은 선생님의 말씀에 따르며 컵을 만들었다. 종찬은 점토를 집어 들며 말했다.

"열을 가하면 수분이 빠지니까 15프로는 크게 만들어야 해. 점토에도 수축률이 있거든."

원주율에 따라 잘라야 하는 점토의 길이를 계산하기도 했다. 그런 숫자들이 얼마나 본능적으로 튀어나오던지. 아빠는 아빠가 좀 신기한 거 알고 있으려나.

원리에 집중하는 사람은 질문이 많다. 그리고 알려주고 싶어 한다. 핸드폰으로 어떻게 통화가 연결되는지 아니? 태양열 전지가 어떻게 작동하는지 아니? 반도체가 어떻게 그리 얇게 만들어지는지 그는 관심이 많다. 고장 난 기계를 툭하면 분해해 몇 시간씩 고치기도 하고 한나절씩 논문을 읽기도 한다. 공학도로서 성실한 모습일 텐데 그때마다 나는 가족이어도 우리가 얼마나 상이한 인간인지를 신기하게 생각할 뿐이다. 컵과 접시, 형형색색의 포크, 신발과 옷을 열렬하게 모으는 날 보며 아빠도 똑같이 생각했겠지.

나는 종찬의 힘 있고 정갈한 글씨체를 인상적으로 기억한다. 그는 삶의 중요한 텍스트를 늘 기록해둔다. 종찬의 서재에서 그가 예전에 쓴 노트를 발견한 적이 있는데, 젊은 시절 삶의 목표를 신앙, 사랑, 교육 등 카테고리별로 나누어 빠짐없이 작성해두었다. 30년 전부터 오늘까지 종찬은 매년 같은 다이어리와 플래너를 산다. 일정과 사유로 그것들은 빼곡해진다. 그 기질이 나에게 이어져 내가 글 쓰는 일을 하고 있는지도 모른다. 예술에 조예가 깊은 건 아니지만, 종찬은 내가 발표하는 글이나 사진에 대해 메시지를 자세히 남겨둔다.

종찬은 내가 성장하며 만난 다른 남자들과 비슷했고 또

달랐다.

한여름, 호프집 야외 테이블을 지나갈 때 달큰하게
취해 어린이에게 소리 지르던 남자들. 나에겐 그게 중년
아저씨의 이미지였다. 종찬은 종찬의 방식으로 이상하지만
그런 식의 힘 부리기를 하진 않았다. 외식하면 음식이
맛있다고 종업원에게 감사를 표하는 걸 잊지 않았고
누가 싸움을 걸어와도 웬만하면 져주었다. 그리고 사과를
미루지 않았다. 점잖은 방식으로 아저씨가 될 수 있음을
보여주었다. 그런 그도 실수를 했지만 종찬 덕분에 나는
이후에 만난 여러 종류의 남자들을 알아볼 수 있었다.
남자로 살아왔지만 나도 남자에 대해 잘 몰랐다는 걸
깨달았다. 남자들에게도 남성성은 오해돼왔다.

일요일엔 이른 아침부터 클래식 음악이 흐르곤 했다.
종찬이 전축으로 LP나 카세트를 튼 채 청소하는 소리였다.
주말인데 아침 9시부터 클라리넷 연주에 깨면 당시에는 좀
짜증이 났다. 아니 왜 이렇게 일찍 일어나지. 새소리 나는
저 악기는 뭐람. 설거지와 청소는 오후에 하지. 그건 그가
주말을 시작하는 방식이었다.

지금 생각하니 다행이다. 그가 좋아하는 루틴이 있었다는 사실이 안심된다. 아빠이기 전에 기쁨을 간직한 개인으로 지냈다는 거니까. 그가 섬세한 음악을 애정했다는 사실도 좋다. 한동안 나는 부모가 되면 자기 생활이 사라지며 창작자로서도 한 개인으로서도 점차 아무도 모르게 조용히 파멸을 맞을 거라고 생각했다. 하지만 다행히 훌륭한 중년 창작자들을 만났고 이제는 오십대, 육십대의 부모가 되고도 얼마큼 전성기를 누릴 수 있는지 잘 안다.

한편 쇼핑할 때 그는 끈기 있다. 다정하지만 분명하고 집요하게 깎는다. 아니 뭘 저렇게까지⋯⋯. 나와 동생은 일찌감치 멀리 떨어져 선다. 놀랍게도 그는 믿을 수 없는 가격에 물건을 사 온다. 어떤 남자들은 수치스럽게 여길 알뜰함이다. 물론 우리도 가끔 부끄럽다.

종찬은 수다스럽지 않다. 어느 자리에서나 가장 많이 말하는 사람은 아니다. 그럼에도 무뚝뚝하지 않다. 그는 묻고 듣는다. 듣는 재능이 있다. 경청이 얼마큼 적극적으로

함께하는 행위인지를 시간이 지나며 다시 생각한다. 진짜
듣는 사람은 드물어서 오랜만에 만나면 알아볼 수밖에
없다. 어떤 침묵은 주변 사람을 긴장하게 만드는데 종찬의
절제된 언어는 그렇지 않다. 공기에 스며 있는 애정을
감각할 수 있달까.

　만으로 열아홉이 되던 해 나는 타국으로 홀로 이주했다.
멀리 있지만 그는 비슷하게 마음을 전했다. 잘 드러나지
않을 때도 있었지만 알게 되었다. 바쁠까 봐 전화를 일부러
자주 하지 않거나 부담을 주지 않게끔 조심히 살피며 마음
쓰는 식이었다. 그러다 언제부턴가 나는 이야기를 만드는
사람이 되었고 아빠도 점차 반응하는 사람이 되었다.
처음엔 어쩔 줄 모르던 그가 전시 사진이나 발표한 글을
보내면 어디가 어떻게 좋았는지 상세하게 들려주었다.
"『아무튼, 당근마켓』 있잖아, 어떻게 당근마켓에서
시작해서 그렇게 멀리 가니." "전시한 사진 멋지더라!" "시는
낭독할 때 다른 힘이 생기더라." "청중을 늘 잘 모시렴."
그가 사랑을 말하는 일에 부끄러움이 적다는 건 익숙한
사실이었는데 비슷한 나이를 향해 갈수록 그게 고맙다.

상상해보게 되기 때문이다. 아빠가 된다는 가정을 하면
조금 더 쑥스러워지는 것 같다. 그는 우리에게 편지를 자주
써주었다.

그러다 우리는 어긋나기도 했다.

석사 중반까지 기계공학을 공부한 나는 더 이상 그
안에서 즐거움을 찾지 못했다. 학업을 중단하고 원하는
일을 하나씩 해보기로 했다. 그리고 시 쓰고 사진 찍는
것을 직업 삼기로 했다. 종찬은 그 소식에 절망했다.
긴 시간 교단에서 일했고, 자식도 안정적인 직업을
가지길 원하던 아빠는 아들이 기계공학을 놓지 않길
희망했다. 나는 모든 노동이 수고스러우므로 일할 때마다
그럼에도 다행이라고 느끼고 싶었다. 직업이 곧 내가 가장
잘하고 싶은 행위이길 바랐다. 바로 그 일 때문에 충만하고
싶었다. 삶의 중요한 기쁨은 매일 반복하는 일에서 온다고
직감했기 때문이다. 선택의 대척점에서 우린 왕왕 얼굴을
붉혔다.
두 해가 지나고 나는 시인이 되었다. 직업에 있어 유독

억척스러웠던 아빠도 나의 새 정체를 축하해주었다.
발표하는 작업도 첫 번째로 읽어주었다.

시간이 흘러 종찬은 은퇴를 했다. 부지런히 노동해온
그가 평소 해보고 싶었던 일로만 생활을 채우길 바랐다.
어느 날 엄마로부터 전화가 왔다.
"너희 아빠 말이야…… 시 수업 들으려고 알아보던데."
평소 시 독자가 아니었던 그는 시인이 된 아들을
이해하고 싶어 했다. 평생교육원에 수업도 신청해두었다.
움직이는 대상을 따라 자기 지도를 수정하는 마음.
어렴풋하더라도 함께 이동하는 발을 거기서 보았다.

다른 건 몰라도 그는 연인으로서 일가견이 있다.
연인이자 남자로서 적극적이라는 점이 유년부터 내 안에
어떤 태도가 시작되게 했다. 미숙에게 후하게 건넸다.
좋은 마음을 축소하지 않았다. 나도 그렇게 사랑하리라
다짐했었다. 어떤 날은 과하고 투박하지만 그에게 미숙이
가장 중요한 사람이라는 건 분명했다.
연인으로서 그의 훌륭함은 화해하는 모먼트에도

인상적이었다. 어느 여름, 가족 넷 함께 영화를 보러
가기로 한 날 미숙과 종찬은 다투었고 미숙은 극장에 가지
않겠다고 선포했다. 회유가 불발되고 종찬 나 동생 셋만
집을 나섰다. 티켓을 사고 입장을 기다리는 동안 종찬은
영화가 시작되기 전까지 미숙에게 장문의 문자를 쓰고
있었다.

"당신이 오지 않으니
영화가 무슨 소용인가 싶소.
이걸 가장 함께 보고 싶은 이는 당신인데
어디서 무얼 하고 있소……."

긴 소네트 형식이었는데 흡사 100년 기다린 자의 사랑
고백이었다. 역시나 과하다고 생각했다. 이렇게까지
한결같은 사랑을 고하는 연인이 미숙에게는 어떻게 남아
있을지 궁금해서 물은 적 있다. 쑥스러운지 괜히 농담으로
얼버무리던 그는 종찬 같은 사람은 없다고 했다.

종찬의 열렬함이 나도 모르게 부끄러웠던 적 있다.

정확히는, 부끄러워해야 할 것처럼 느꼈다. 학습된 기제
탓이다. 이 부끄러움에는 뿌리가 있다. 남자들 사이에서
파트너에게 너무 많은 애정을 건네는 모습은 대체로
창피한 것으로 여겨져왔다. '남자답지 않다'라는 수식으로
시작되는 낡은 인식들. 정성스러운 게 왜 수치여야 하나.
당신이 왜 좋은지, 지금 이 삶이 왜 나에게 최고인지
일일이 말하는 것만큼 용감해져야 하는 일이 어딨는가. 집
안팎에서 지켜본 어른의 궤적은 성인이 되어서도 무의식
깊숙이 서식한다. 저도 모르게 닮아간다. 가정과 동네,
학교가 유년의 남자가 참조할 수 있는 누군가를 만나는
반경의 전부이기 때문이다.

　자유롭지 못한 건 나도 마찬가지다. 가끔 놀란다. 내가
갖게 된 언어와 시선의 실체를 뒤늦게 하나씩 확인한다.
나도 모르게 학습한 것이다. 비선형적으로만 우리는 오래된
역사를 선별할 수 있다. 시간을 거스르며 어떤 변화는
일어난다. 파트너와 둘이 있을 때 표현에 솔직한 남자가
친구들과 있을 때 이상하게 딱딱해지는 현장을 자주 본다.
다정해질라치면 짓궂게 놀리는 동성 친구도. 쑥스러움만이

이유는 아닐 것이다.

집 밖에서 닮고 싶은 남성을 만난 경험은 흔치 않았다.

남고여서 그랬는지 고등학생 때는 원초적인 힘겨루기가
관계를 지배했다. 늘 긴장한 채로 다녔다. 약해 보이면
궁지에 몰리기 때문에 다들 괜히 센 척했다. 학우들에게
뺨과 뒤통수를 맞고 싶지 않아서 운동도 더 열심히 했다.
강해 보이는 어른의 말투와 제스처를 흉내 내며 자란
아이들은 대학에 가서도 스스로 원하지 않은 폭력성을
반복한다. 남성 위주의 공동체에서 세세해지려는 노력은
흠처럼 놀림받는다. 눈물은 약한 것으로 여겨진다. 돌이켜
보면 당시 같이 학교에 다녔던 친구들도 자신이 어떤
사람이 되고 싶은지 잘 몰랐던 것 같다.

종찬은 드라마 볼 때마다 우는 사람이었다. 친구들이
우는 남자애들을 놀리기 전까지 난 그게 부끄러웠던
적이 없다. 지나고 보면 여러 종류의 남자들이 있었다.
역사 덕후였던 애. 캐릭터 그리던 애. 목도리 뜨던 애.
각종 코스프레를 좋아하던 애. 특이한 아이로 분류될까
봐 취향에 대해 다 말하지 않고 대부분 조용히 살았다.

자기 모습을 드러낸 이들은 얼마 전까지만 해도 소수였다.
서로가 서로에게 채우는 수갑이었다. 남성성은 하나가
아니다. 우리도 우리를 오해해왔다. 내가 나의 기질을
왜곡한다면 타인의 아이덴티티나 섹슈얼리티를 온전하게
수용해줄 수 있을까.

　어떤 남성이 되고 싶은지 나는 다시 결정하고 있다. 계속
정정하는 중이다.

　얼마 전, 내가 고양이 둘을 아이처럼 안고 있는 사진을
본 종찬은 나에게 아빠가 거의 다 되었다고 했다. 자식이
생기면 더할 거라고. 새로운 세계가 열려 어느 시절보다
좋을 거라고.
　아마도 그건 자신의 부성애에 대한 힌트이자 고백이기도
했을 거다. 고양이만큼 작은 나를 키웠던 시간이 좋았다는
말이기도 했을 거다. 사랑은 그렇게 흐르고 되풀이된다.

　좋은 아빠가 될 수 있을지 여전히 자신이 없다. 한
생명을 책임지는데 어떻게 겁이 안 날까. 점잖고 너디하고

눈물 많은 아빠가 낳은 나는 어떻게 다르게 이상하고 괴기하며 불완전한 채로 아빠 되기를 연습할까. 사랑이 좌표를 옮기며 어떤 면들은 남겨지고 어떤 낯들은 버려진다. 좌표를 따라 움직이는 우리가 모여 사랑은 새 몸이 생긴다. 운이 좋으면 그게 집이 된다.

다음 주소를 찾으며, 어쩌면 만날지도 모를 우릴 닮은 눈과 코를 떠올린다. 나는 나를 열어 구석구석 꼼꼼히 살피고는 닫는다.

입구에 설치된 스피커에서 무너지는 산처럼 음악이
쏟아지고 있었다.

도망치듯 안으로 들어갔다.

평소라면 오지 않을 술집에 온 건 친구의 생일 파티
때문이었다. 조명 아래 손이 다홍색으로 보였다. 오렌지를
반으로 잘라 그 안에 건물을 짓는다면 아마 이런
모습이었을 거다.

다들 상기되어 보였다. 도착했을 때 사람들은 이미 몇
잔씩 마신 상태였다. 떠들썩한 이들 사이에서 나만 혼자
수도승처럼 조그맣게 말한다. 그럴 때 알게 된다. 아, 나
집사람이지(집을 애호하는 모두를 집사람이라 부르기로 했다).

에너지를 끌어올린다. 생일 맞은 친구를 실망시키지

말자고 다짐해본다. 동석하는 사람이 많을수록 나는
수줍어지거나 지나치게 말이 많아진다. 일정 수를
넘어가면 사회적인 자아가 삐걱대기 시작한다. 컨디션에
따라 상한선은 다르지만 보통 네 명 이하로 만날 때 가장
나은 것 같다.

이 파티엔 마흔 명 정도가 모였다.

기다란 테이블에서 칭찬 위주의 인사가 오간다. 그
말들은 공중에서 기포처럼 사라진다. 화기애애하지만
누구도 누구와 만나지 않는 것 같다. 어디로도 가지 않는
대화가 나는 견디기 어렵다.
이미 아는 사람도 있고 처음 보는 사람도 있다. 생일
주인공인 친구가 화장실에 간다. 사람들은 그가 없는
자리에서 대화를 시도한다. 바람 빠진 농구공처럼
스몰 토크가 바닥에 철푸덕 떨어진다. 침묵이 한 차례
지나간다. 요란한 음악보다 이 침묵이 더 시끄럽다. 속으로
중얼거린다. 이 침묵이 어색하지 않다고 생각해봐. 마음이
편하다고 생각해봐.

나도 이 어색함에 지분이 있는 것 같다.

그런 자리에서 혼자 상상하곤 한다. 슈퍼히어로가 날아
들어와 새빨간 장갑을 끼고 테이블 위 침묵을 납땜하는.
모두가 그 광경을 지켜보고…… 보는 동안 아무 말 않아도
된다는 생각에 잠시 안도하는. 슈퍼히어로가 도착할
리 없으니까 자꾸 컵을 본다. 컵에 있는 술을 홀짝홀짝
마신다.

왜 어떤 사람과는 처음인데 편안하고 어떤 사람은 만날
때마다 경직될까. 친구들을 떠올리면 친근해진 이유가
너무 많은데. 맞춤법에 연연하기 때문에, 돌발 행동 때문에,
이상한 유머 때문에, 울보이기 때문에…… 온갖 이유로
각별해지는데 왜 누군가와는 애를 써도 그게 잘 안 될까.

의지의 문제일까?

대화가 잘 흐르려면 적어도 몇 명의 주인이 필요하다.
많이 말하지 않더라도 그 자리를 지탱하는 사람들 있잖나.

고갯짓으로. 시선과 손짓으로. 질문 없이 앉아 있는
손님들만으로는 파티가 파티일 수 없다.

친구가 돌아왔지만 거대한 오렌지 속 어색한 기운은
여전하고 괜히 더 친한 사람들끼리 서로를 나무라는
농담이나 건넨다. 내향적인 나라도 힘을 보태야 할까.
물론 시끄럽다고 외향적인 건 아니다. 액션을 취하는 쪽이
사교적이라고 우리는 늘 오해한다. 많이 말하지 않고도
적극적으로 그 자리에 있을 수 있다.
나는 듣는 게 편하다. 경청하다 가끔 말하는 참석자에
가깝다. 그러다 누구도 나서지 않는 자리에서는 대화를
주도할 때도 있다. 책임감 때문이다. 오늘은 먼저 그러지
않기로 한다. 귀갓길에 허한 마음이 찾아올 걸 안다. 꼭
우러나는 자리에서만 마음을 쓰고 싶다. 할 수 있지만 하지
않기로 하는 일들이 많아진다.

친구의 친구와 합석할 때는 더 외향적이고 사회적인
모습이어야 할 것만 같다. 친구의 멋짐까지가 내 일부
같고 그를 더 멋진 친구로 만들어주어야 할 듯한 이상한

부채감이 생긴다. 친구가 파티에 있던 지인에게 나를
소개했다.

"얘는 내 친한 친구. 시인이고 사진가야. 미국에 오래
살다 왔어."

파티에서 처음 만난 사람이 내게 말했다.

"지금 너무 신기해요. 저 태어나서 시인 처음 만나봐요.
래퍼 더 콰이엇 닮으셨어요."

태어나서 시인을 처음 만나볼 수 있다. 그게 신기할 수
있다. 나도 우주비행사를 만나본 적 없고 고대역사학자를
만나본 적 없으며 과자 MD를 만나본 적 없으니까. 만나면
신기할 거다. 그러나 단지 턱수염을 길렀다는 이유로 나는
초면에 더 콰이엇 닮은 사람이 되고……. 물론 더 콰이엇은
멋지지만 우리 사이는 오해로 시작된다.

"아, 네…… 네."

처음 만난 사람에게 악의 없이 외모 이야기를 건네던
시절이 있었다. 내가 싫으니까 남들도 싫겠다고 생각할
즈음 그만두었다. 결례라는 단어를 빌리지 않아도 어떤
반복은 선택으로 이어진다. 왜 우리는 처음 만나면 직업과

외모로 서로를 소개할까. 우리를 가장 잘 대변하는 게
외관과 커리어는 아닐 텐데. 대안은 무엇일까? 좀 더
자연스러운 소개는? 파티에서 내 친구를 이렇게 소개하면
안 되나?

'얘는 약간 강박이 있어. 성가실 만큼은 아니지만
직업적으로 도움이 될 만큼은 강박적이야. 그래서 일도
그래픽 디자인을 해. 집에 가보면 컵부터 식기까지 다
각 맞춰 정리하고 청소기도 하루 두 번씩 돌려. 쉴 때는
뜨개질을 하는데 변태처럼 침을 꼴깍꼴깍 삼키면서 한다.
그래도 타인에게는 너그러워. 아무것도 강요하지 않거든.'

나의 생일 파티라면 어떻게 소개했을까. 그동안 친구와
친구를 어떻게 만나게 해왔지. 하지만 나는 성대한 생일
파티를 열지 않는다. 나는…… 조촐한 생일 파티에 늘
마음이 간다.

친구의 파티에서 5분 동안 열두 명과 인사했다. 그들은
내 이름을 기억할까. 너무 빠른 만남은 나를 고장 낸다. 안

그래도 느린데 더 느리게 만든다.

하고 싶지 않은 대화는 가능하면 피하며 살고 싶다. 어른이니까 하기 싫은 일도 씩씩하게 해내야 한다고 하던데. 어른이 되었으므로 가능하면 있고 싶지 않은 자릴 빠르고 정확하게 알아보고 싶다. 미안한 마음으로 머무는 대신 욕망하는 일에 시간을 쓰고 싶다.

15분 만에 나는 친구에게 역시 집에 가야 할 것 같다고 말했다. 파트너가 기다린다고. 사실 파트너는 나의 시간과 공간을 존중해주므로 괜찮다. 이미 나를 잘 아는 친구와 미안하고 고마운 눈빛을 주고받고 서둘러 나온다. 돌아갈 수만 있다면 괜찮다. 집으로 돌아간다는 사실을 기억하는 게 중요하다.

밖에 나와 숨을 두어 번 들이마시고 택시를 탄다. 집으로 돌아오는 길에 폭설을 마주친다.

택시 기사님은 빨리 퇴근하고 싶으신 모양이다. 날 태우고 달린 속도만으로도 알 수 있다. 우리는 거의 날아왔다고 볼 수 있다. 두어 번 아주 위험했다. 곧장

후생으로 갈 뻔했다. 요즘 택시를 탈 때마다 집에 무사히 도착했음에 감사하게 된다. 조금만 불안하면 안전벨트를 맨다. 어렸을 땐 그렇게 귀찮았는데 요즘은 오래 살고 싶다. 성대한 생일 파티를 지양한다 해서 내가 삶을 귀히 여기지 않는 건 아니다.

눈이 너무 많이 와 택시에서 일찌감치 내린다. 언덕이 가팔라서다. 왁자지껄한 술집이 보인다. 누군가는 추운 날 고립되기 싫어 모임을 갖기로 했을 거다. 이내 집에 가고 싶다고 생각할 것이다. 그럼에도 아무 말도 하지 않을 것이다. 머뭇거리지 않고 경사진 언덕을 계속 오른다.

집이다. 아침 10시에 나왔고 지금은 밤 10시 반이다. 왜 이렇게 오랜만에 온 것 같지. 반겨주는 사람과 포옹한다. 젖은 외투를 옷걸이에 건다. 눈송이가 달라붙은 목도리를 털고 얼어붙은 안경도 닦는다. 귀가 후의 의식이다. 돌아오자마자 정리하는 순간이 나는 좋다. 집에는 경쾌한 808 베이스도, 내가 힘을 끌어모아 반응해야 하는 대화도 없지만 마음이 들뜬다. 지갑과 장갑, 반지, 이어 커프 등 제자리에 물건을 두고 옷을 갈아입는 동안 바깥에서 감긴

태엽이 서서히 풀린다.

맞다, 난 집을 좋아한다. 이 공간에 있을 때 가장 안심한다.

책상에 앉는다. 헤드폰을 쓰고 음악을 켠다. 복잡한 구성의 곡이다. 아까 술집에서 나오던 노래와 리듬이 비슷하다. 유사한 분위기지만 나는 매우 고요해진다. 이렇게 조용한 노래였어?

몸이 오늘 감당하지 못한 소음을 짜내는 것 같다. 몸에서 짜낸 소음이 바닥에 흘러내렸는지 고양이들이 날 보며 운다.

집에 왔다는 감각만으로 집사람은 파티할 준비를 마친다.

거 기 우 리 가 있 었 음

그물 없이 뼈처럼 서 있는 축구 골대, 그네, 시소 몇 개가
있는 휑한 단지.

놀이터라 불러야 할지 공터라 불러야 할지 모르겠는
그곳에 작은 산업단지의 아이들이 자주 모였다.
술래잡기도 하고 실뜨기도 하고 축구도 했다. 그 모든
것을 하고도 시간이 너무 많이 남았다. 지루해진 우리는
돌 싸움을 했다. 딱지치기와 비슷한데 한 사람씩 자기가
가져온 돌로 다른 사람의 돌을 치는 놀이였다. 두 돌 중
하나가 3분의 1 크기 이상으로 깨지면 상대가 이겼다.
승부가 나지 않을 때도 두 돌로부터 크고 작은 파편이 튀어
나가며 깨졌다.

애들이 다녀간 자리에는 하얀 가루가 남았다. **여기**

우리가 있었음. 대신 말하는 것 같았다. 동강 나지 않은 돌의 일부가 서로의 안부였다.

학교 선생님한테 처음 뺨 맞던 순간, 돌 싸움이 떠오른 건 왜일까.

커다란 손바닥이 얼굴 위로 다녀갔는지 어떻게 알 수 있냐면 윤곽이 남는다. 손바닥으로 맞은 자리 주변부를 만진다. 열이 난다. 맞기 전까지는 광대뼈가 거기 있다는 사실에 대해 별로 생각해보지 않았다. 여드름이 터지면 가끔 피도 조금 났다. 수학 선생님 손바닥에도 묻었을 것이다.

처음 맞은 날 두 가지를 생각했다.

영화에서 보고 상상한 것보다 훨씬 더 아픈데?
그리고
저 사람 나 미워한다. 이건 훈육 아니다.

뺨 맞던 시절 학교에 다녔던 사람들은 기억한다. 졸아서 맞고, 질문에 대답하지 못해 맞고, 늦었다는 이유로 맞았다. 모두가 맞으니까 다들 가만히 있었다. 뺨 맞는 것이 싫어 언젠가는 본능적으로 피했는데 피했다는 이유로 더 많이 맞았다. 체육복 상의를 잃어버렸다는 이유로 맞기도 했다. 열여섯 살이 한 시간 동안 운동하기 위해 입는 단체복을 깜빡한 게 고개 돌아가게 맞을 만큼 잘못한 일인가.

맞은 아이들은 학우들 사이의 자리로 돌아가는 동안 모래를 보며 뛰었다. 수치스러워서. 체육복을 아무리 빨아도 어떤 자국은 거기 남는다.

교회에 가면 단체로 기도하는 시간에 나는 가끔 눈을 뜨고 주변을 살피곤 했다. 기도하는 모습이야말로 가장 비밀스럽고 약해지는 순간 아닌가. 다른 사람들의 가장 약한 표정이 궁금했다. 내가 아는 친구들은 어떻게 기도할까. 하나님 죄송합니다. 자주는 안 떴습니다. 그러다 언젠가 앞줄에서 익숙한 얼굴을 보았다. 내 뺨을 무수하게 갈긴 정 선생님이었다. 어? 내가 아는 선생님 맞나? 그는 눈 감고 회개하고 있었다. 간절해 보였다. 같은 교회에 다닌다는 사실보다도 기도하는 그의 모습에 나는

혼란스러웠다. 그리고 그날 교회 식당에서 국수를 받다
그와 눈이 마주쳤다. 선생님은 흠칫 놀라더니 너도 여기
다니느냐고 물었다. 빠르고 어색하게 인사하고 우리는
헤어졌다.

몇 주가 지났다.

야간자율학습 때는 이어폰으로 음악을 들을 수 없는
시절이었으므로 걸리면 몽둥이로 정수리를 맞거나 MP3를
뺏겼다. 그렇다고 음악을 안 듣냐? 그럴 순 없었다.
교복 재킷에 플레이어를 넣고 이어폰이 보이지 않게
소매 안쪽으로 숨겼다. 바깥으로 뺀 이어폰을 귀에 꽂고
턱 괴는 포즈를 하면 감쪽같이 눈에 띄지 않았다. 얼마나
달콤했는지. 능률도 막 오르는 것 같고.

그날은 하필 정 선생님이 야자 감독이었다. 우린 눈이
마주쳤고 지레 겁먹은 나는 마른 가지처럼 쪼그라들었다.
숨긴 게 들킬까 봐 계속 허공을 보는 척했다. 내 쪽으로
그가 천천히 다가왔다. 손바닥을 떼보라고 했다. 분명 나무

봉으로 내려칠 것이므로 정수리에 힘을 줬다. 정수리에 어떻게 힘주는지 모르겠지만 그랬다. 그는 아무 데도 내려치지 않고 나를 교실 밖으로 불렀다.

큰일 날 줄 알았는데, 무슨 음악을 듣고 있느냐고 물었다. CCM이라고 했다. 그는 이어폰을 귀에 갖다 댔다. ……정적이 흘렀다. 그랬다, 나는 정말로 CCM을 듣고 있었다. 소향이 〈나는 가수다〉에 나오기 전부터 꾸준히 발매한, 꽤나 컨템포러리한 그의 가스펠 앨범을 들었다. 원래 장르를 가리지 않았으나 웬걸 그날 소향의 앨범을 들고 간 거다. 선생님은 나더러 그냥 들어가라고 했다. 뺨을 때리지 않고 무거운 나무 봉으로 머릴 내려치지지도 않았다.

왜 안 때렸지? CCM을 들었기 때문에? 우리가 그날 교회에서, 그러니까 학교 바깥에서 서로의 신원을 확인했기 때문에? 아니라면…… 오늘 그냥 기분이 너그러웠기 때문에?

안도하며 나는 조금 복잡해졌다.

다시 몇 달이 지났다.

정 선생님 수업의 하이라이트는 공개 문제 풀이였다.
지명당한 학생은 칠판 앞에 나와 문제를 풀어야 했다.
틀리면 몽둥이로 맞았다. 친구 승혁은 풀이를 시작조차
못 했다. 쑥스러웠던 그는 도저히 모르겠다며 웃었다.
승혁의 성격을 알지 못했던 선생님은 그가 이죽거린다고
생각했는지 뺨을 때렸다. 평소 맞아도 아무 반응 없던
그가 분을 이기지 못하고 처음 보는 새빨간 얼굴로 교실을
뛰쳐나갔다. 선생님은 따라가지 않았다. 평소처럼 아무
일도 없었다는 듯 태연한 얼굴을 하거나, 다시 수업을
진행하지도 않았다.

그는 창가로 가 두 손으로 창문을 짚고 오랫동안
아무 말도 하지 않았다. 바깥만 응시했다. 꽤 긴 시간
동안 처참한 얼굴을 하고 가만히 한숨을 쉬었다. 승혁의
억울함을 매일 이해하던 시절이었지만 그날은 왜인지
정 선생님의 마음도 조금은 알 것 같았다. 정은 때리는
것이 더 이상 자연스럽지 않게 된 얼굴이었다. 한참을

그러고 있었다. 마흔 명 넘는 학생들 사이에서 혼자처럼 보였다. 불편한 자기 모습을 직시하고 있었을까. 왜인지 마음이 복잡해졌다. 그날 이후 그가 뺨을 때리지 않을지도 모르겠다는 이상한 예감이 들었다. 그리고 실제로 그랬다.

손이나 주먹으로 누군가를 때리는 교육 방식에 동의하지 않는다. 체벌은 때리는 사람에게도 맞는 사람에게도 상흔을 남긴다. 살갗처럼 부풀어 올랐다가 살갗과는 달리 원래대로 돌아오지 않는 종류의 상흔을.

그 교실에는 맞은 학생뿐 아니라 지켜보던 모두의 일부가 아직 떨어져 있다. 선생님의 일부도 남아 있다. 돌 싸움이 끝나면 새하얗게 떨어져 있던 산업단지 돌들처럼.

시간이 제법 흘렀다.

학생이었던 감각이 너무 멀어져 이제는 학생으로 보낸 모든 시간이 없었던 일 같다. 가끔 나는 고등학교나 대학교로 특강을 가고, 주변에는 선생님으로 일하는 동료들도 생겼다. 학생들을 아끼지만 어려움을 겪는

교사들의 내막을 종종 듣는다. 그 자리에 있는 친구들로 인해, 쭈뼛했던 나의 첫 강의로 인해, 너무 타인이었던 당신들을 다시 본다. 선생은 교실에서 언제나 가장 많은 인간을 마주해야 하는 사람이었다.

그제야 흐릿하게 떠오르는 얼굴과 목소리들. 수업에 들어가지 않은 내 얘기를 몇 시간씩 들어주던 음악 선생님. 모의고사 끝나고 우는 친구를 매점에 데려간 지구과학 선생님. 턱걸이를 가르쳐주신 할아버지 선생님. 돌이켜보니 나는 그들을 좋아했다. 그러니까, 몇 선생님 때문에 모두를 미워하기로 했는지도.

어떤 날은 그들도 교무실에서 도망치고 싶었을 것이다.

그리고 동시에, 선생의 나이가 되니 더욱 알겠다. 그랬다 해도 승혁이가 맞아서는 안 됐다. 나 역시 맞아서는 안 됐다. 정 선생님이 더 빨리 멈추었다면 좋았을 것이다. 스승의 기억이 내 안에서 점점 복잡해진다.

버스를 타고 집에 돌아온다. 모르는 고등학교를 지나며 운동장을 뛰노는 아이들 소리를 듣는다. 청소년들의 목소리는, 눈빛은, 웃음소리와 존재는 왜 이렇게 또렷할까.
눈에 띄지 않는 순간에도 그들을 알아볼 것만 같다. 저들도
언젠가 자신이 모르는 고등학교를 지날 것이다. 그리고
선생의 나이가 될 것이다.

　산업단지에서 돌을 포개던 아이들은 교실로 돌아가고
지나가던 나의 볼이 잠시 시뻘겋게 뜨거워졌다 식는다.

엄마 우리 다른 이야기 하자 ✧

미숙과의 대화는 오랫동안 거기 있었던 작고 수심이
깊은 연못 같다. 같은 화두를 향해 우리 대화는 흐른다.

요즘도 비건지향적으로 먹니. 고기도 먹어야 하는데.
잠은 일찍 자야 한다. 면역은 잠에서 시작되는 거야.
운동도 하지? 앉아만 있으면 허리 안 좋아. 알지?

미숙은 마흔에 가까운 나를 여전히 여섯 살 소년처럼
걱정한다. 미숙을 사랑하지만 나를 일방적으로 걱정하는
대화는 싫다. 그러다 보면 나도 미숙의 건강과 고민거리에
대해서만 묻게 된다. 세상에 좋은 게 이토록 많은데.

✧ 조해주 시집 『우리 다른 이야기 하자』(아침달, 2019)의 제목 변용.

미숙과 염려 아닌 대화를 하고 싶어 먼저 질문한다.

엄마, 어제는 무슨 음악 들었어?
주말에는 어디 다녀왔어?
아빠랑은 요새 뭐 하면서 놀아?

그런 얘기를 하면 미숙은 건강에 대해 이야기 나눌 때보다 어색해한다.

청소년이었던 나와 엄마는 빈번하게 다퉜다. 우리는 어떤 타인보다 서로에게 지독했다. 사랑하는 자들만큼 깊게 할퀼 수 있는 자들도 없다. 묘하게 자기와 닮은 게 싫어서, 그러면서 너무 다른 모습을 견디지 못해서 우리는 상대에게 손톱자국을 많이 냈다. 양보 없는 엄마였지만 미국으로 떠나기 직전 사과했다. 엄마도 엄마는 처음이어서 너무 몰랐다고 했다. 나도 미안하다고 했다. 엄마한테 괜히 더 뾰족하고 거칠었다고. 이후 20년간 우리는 다른 나라에 살았다. 긴 시간이 흐르는 동안 멀리 있는 게 익숙해졌다. 그사이 미숙과 나는 훨씬 덜 싸웠다. 그리고 서먹해졌다. 덜 싸우는데 왜 더 멀어질까. 관계라는 건 이상하다.

　미국으로 떠나기 전, 청소년 시절 나는 가수가 되고
싶었다. 미숙 몰래 크고 작은 노래 대회에 나갔다. 상도
탔다. 틈만 나면 노래를 불렀다. 어디서든 준비가 돼 있어야
하므로 가사도 외우고 테이프가 끊어질 때까지 연습했지만
미숙은 한사코 반대했다. 강경했던 그의 마음을 이제는
이해한다.
　그런데 그로부터 20년이 흐른 뒤, 미숙은 돌연 성악
콩쿠르를 준비하기 시작했다. 나로선 미숙의 결정이
뜬금없게 느껴졌다.
　콩쿠르? 왜? 그러자 미숙은 말했다. 죽기 전에 꼭
참가해보고 싶었어.
　엄마를 닮아 오래전 노래하고 싶었는지도 모른다. 소리
내어 말하지는 않는다. 어째서 엄마의 이런 소원을 처음
알게 됐을까. 내가 충분히 묻지 않았는지 아님 엄마가
쑥스러웠기 때문인지 잘 모르겠다. 어쩌면 내가 모르는,
미숙이 오래 기다렸던 더 많은 바람들이 있었을 거다.
그러다 엄마에게 콩쿠르는 절대 안 된다며, 예전의 그처럼

반대하는 시늉을 했더니 실없이 웃었다.

　미숙은 실제로 콩쿠르에 나갔다. 예순일곱의 나이로
무대에 선 그는 긴장돼 보였다. 단정한 군청색 드레스를
입고 머리를 차분하게 드라이한 미숙은, 올곧은 나무처럼
좌로도 우로도 흔들리지 않고 같은 자리에서 넉 달 동안
매일 연습한 가곡을 부르기 시작했다.

　건강 염려도, 식사 이야기도 하지 않는 엄마가 너무
오랜만이었다. 노래하는 미숙. 오로지 노래와 무대와
미숙만 거기 있었다. 가느다란 떨림이 흐르고 도입부가
끝나자 첫 날갯짓 같은 고음이 이어졌다. 투박하지만
아름다웠다. 성악을 잘 모르지만 이 노래가, 이 자리가
미숙이 두고두고 돌아올 장면이라는 건 알 수 있었다.
차분히 듣다 나는 갑자기 목이 메었다. 가족 너머의
미숙을 너무 몰랐다. 그의 열망에 대해 궁금해하지 않았다.
그에게 중요한 이야기를 더 많이 들었어야 한다. 서운하고
미안하고 자랑스러운 마음이 샐러드처럼 뒤엉켰다.
　그리고 그는 콩쿠르에서 최우수상을 탔다. 진즉에 노래

대회에 나갔어야 하는 사람은 내가 아닌 열아홉의 미숙이 아니었을지. 내가 미숙의 입상 여부보다 더 알고 싶었던 건 따로 있었다.

엄마, 이 노래 제목이 뭐야?

〈울게 하소서〉라는 노래야. 가사가 참 좋아. 부르면 부를수록 더 와닿아.

몇 번의 절기가 지났다.

미숙에게 전화를 걸었다. 미숙은 어느새 요새 고기는 좀 먹느냐고 또다시 물었다.

여느 때처럼 대답하려다가 나는 말했다.

엄마, 우리 건강 말고 다른 이야기 하자.

어제는 뭐 봤어?

어제 보고 들었던 거 이야기해줘.

어제 뭐 봤지……? 아, 지나다가 본 나무에 새 둥지가 있는 거야. 거기 새가 세 마리 있는데 두 마리는 먹지 않고 날아다니기만 하더라고. 근데 있지, 가만히 있던 새가 새끼였어. 새끼 입에 먹이를 물어다 주려고 엄마 새랑 아빠 새가 그렇게 날아다녔던 거야.

먹지 않고 입으로 옮기는 마음. 오직 한 사람에게로만 다 향하는 마음. 모든 것 앞의 모부. 그게 무슨 마음인지 아느냐고 엄마는 물었다. 글쎄, 아는 것 같기도 하고…….
부부의 마음이랑 다른 거야? 나는 괜히 시큰둥하게 대답했고 미숙은 그런 마음이 있다고 했다. 언젠가 알게 될 거라고.

이런 대화를 하고 나면 미숙과 나는 아주 잠깐, 과거에도 미래에도 얽매이지 않은 사람들이 된다.

통화하는 동안 잡초를 뽑고 마당에 떨어지는 너무 많은 대나무 이파리를 주웠다. 죽순도 정리했다. 손가락만큼 긴 것들은 뿌리가 어찌나 깊고 억센지 곡괭이가 필요하다. 뿌리까지 들어내지 않으면 순식간에 원하지 않았던 것들로 들어찬다. 지키고 싶은 나무들이 볕과 양분을 빼앗기므로 매일 살펴야 한다. 작은 정원을 가꾸며 생각하는 거다. 이 작은 식물 몇 종을 보살피는 데도 이리 많은 품이 드네.

파낸 흙을 잘 덮는다.

정릉 반대편에서 누군가 부르고 있을 가곡처럼
대나무는 자란다. 보이지 않을 때도, 비가 올 때도 자란다.
수북하게 쌓여 있는 잎사귀를 손안 가득 거머쥔다. 몸을
일으키며 나는 아리송한 마음으로 미숙의 생애주기를
생각한다.

당신은

시도 사진도

모른다고

말하지만

너 무 많 은 언 어 를 이 해 하 는 기 계

1

뚜벅 뚜벅 뚜벅.

문을 열고 들어간다.

들어가면 시커먼 뒤통수들 사이로 무언가 보인다.
시커먼 어둠이 다홍색으로 지워지고 있다. 여기 와본
적 있는 것 같다. 저기 환호성처럼 터지는 불꽃도 본 적
있는 것 같다. 타인들과 함께 있다. 그중 누군가는 자신을
알아봐줄지도 모른다고 생각하면서. 파편으로 사라지는
빛을 본다. 고개를 움직이지 않으면 어떤 광경은 보지
못한다. 이어폰 낀 사람이 혼자 고개를 움직이지 않는다.
실은 거기 없는 거다. 거기 없는 사람과 거기 있는 사람들이

무릎 위로 닿는 긴 잔디의 뾰족함 같은 건 잊은 채 각자가 앉은 자리에서 환호한다. 탄약이 터진 냄새가 나는데도. 이런 방식의 함께는 통용할 수 있다는 듯이.

　오래된 기분이 생각난다. 거의 어느 타인도 불편하지 않았던 언젠가의 기억. 이별하려 애쓰지 않고 모두와 조금씩 함께였다. 손을 적당히 세게 맞잡은 채 살았다. 함께 지켜보는 불꽃은 어딜 가나 있었다. 보인다고 해서 내 것은 아니다. 불꽃은 어디서든 보였지만 자주 멀었다. 그래도 보인다는 게 중요했던 것 같다. 도착하지 못할 걸 알아도 미룰 수 있으니까. 도착을 생각하지 않아서 유효했던 관계로부터 빠져나온 사람이 타인을 더 사랑하게 되는 순간에 대해 듣는다. 우리는 조금 더 유능했던 걸까, 미숙했던 걸까. 지금 저 섬광을 지켜보는 이들은 어떤 폭죽을 들고 미숙하기로 할까, 유능하기로 할까.

　밖으로 나간다.

　여기 이 질문들과 밤의 기억은 이내 지워질 거다. 다만

어떤 궤적이 내 몸에 남는다. 사진은 나에게 그것과
비슷하게 기능한다.

2

자기 몸만큼 분명한 감각이 있던가. 보고, 살을 얹고,
움켜쥐고, 구부러지며, 망가지는 걸 느끼는 첫 번째 대상.
동시에 내가 모르기로 하는 몸.

내가 모르는 몸은 어떠한가.

당신을 본다. 사막을 상상한다. 당신을 본다. 너무 말라
돌출된 견갑골은 나무임에 틀림없다. 잎이 자라지 않는
식물은 밤마다 어떤 열매의 꿈을 꿀까. 당신을 본다. 왜
팔에 돌이 살어? 당신을 본다. 기립근에 위로 흐르는 물은
이 마을을 잘 배수하고 있다. 어제는 손님이 왔다. 당신을
본다. 그를 그리워하고 있음에 틀림없다. 당신을 본다. 이
직물은 당도 높은 땅에서만 자랍니다. 당신을 본다. 여름이
오면 이건 다 녹아 사라질 거야. 곤두선 호흡이 대지의

BPM을 간신히 맞추고 있는 뿌리 같다. 당신을 본다.

당신도 나를 본다.

우리의 실체는 매번 다르다. 그리고 매번 일부만 알아볼 수 있다. 타인의 몸처럼 기억은 내 안에 상주한다.

3 ⁺

Ман холо шуморо намешунавам

(당신의 말을 알아듣지 못했습니다.)

Оё шумо ба забони ман таваҷҷӯҳ доред?

(나의 언어가 궁금하신가요?)

ин зодгохи ман нест

(여긴 나의 고향이 아닌데요.)

Ба ҳар ҳол, мо аз ҷонҳои дигар наомадаем?

(어차피 우리는 다른 영혼으로부터 오지 않았습니까?)

Дар ин шаҳрак баҳру кӯҳҳоро як калима меноманд

(이 마을에서는 바다와 산을 같은 단어로 부릅니다.)

Дар мамлакати мо ҳар кас фамилияи падару модари худро

мерос мегирад

(저희 나라에서는 모두 부모의 성을 물려받아요.)

Мебахшед, ҳақиқат дурӯғ аст

(미안해요, 사실은 거짓말입니다.)

Худоё, ман ҳам

(세상에, 저도요.)

Пас, ин чо кӯх аст ё баҳр?

(그래서 당신은 바다입니까, 산입니까?)

모르는 언어로 가끔 시를 쓰기도 한다. 정확하게
옮겨졌는지 알 길이 없다. 소프트웨어가 이해한 질서로
가까스로 의미의 윤곽만 옮길 뿐이다.

뭐 어떤가. 어차피 인간도 의미도 심지어 언어도 전부
언어화되지 못한다.

너무 많은 언어를 이해하는 기계가 옮긴 타국인의 시.
사진과 나는 그런 꼴로 관계하기도 한다.

4

너무 많은 말과 활자에 지친 사람들을 위한 휴게소가
필요하다.

사진이 나에게는 그곳이었다. 보고 싶지 않아도 너무

많은 것을 보게 되는 세계에서도 어떤 이미지는 흐른다. 천천히 흐른다. 천천해서 우릴 멈추게 한다. 시각언어는 크고 작은 뉘앙스가 복잡하게 뒤엉킨 호수다. 몸을 담근 누군가 이전과 조금 달라진 채 그곳을 빠져나간다. 어떤 식으로든 우리는 우리가 만난 언어로 인해 변한다. 이미지에 열광할 때도, 미울 만큼 그것이 싫을 때도. 호수 안으로 들어가지 않고 어떤 의미도 훼손하지 않은 채 그 앞에 관전자로 남기로 선택할 수도 있다. 호수는 어떠한 해석이나 동참을 강요하지 않는다. 다만 인간이 욕망할 뿐이다. 우리는 변모하고 싶다. 발화를 요구하지 않는 발화 앞에서도, 응답을 바라지 않는 부름 앞에서도. 동시에 변화가 무섭다. 그 성질 때문에 나는 아주 오랫동안 사적으로 사진이라는 매개를 찾았다. 찾고 있다. 다시 그 안으로 헤엄친다.

　　호수의 의지와는 무관한 일이다.

증언

"이 책은 보는 사람들과 그들이 본 것에 대한
이야기이기도 하지만, 시간이 흐른 자리에 남아 있는
사람들, 장면들, 엎질러진 말과 풍경에 대한 책이기도
합니다."

고층 아파트가 통째로 들어갈 만큼 거대한 쇼핑몰에
위치한 작은 공간에 소수가 모였다. 시집 『양눈잡이』에
대한 이야기를 듣기 위해 와주셨다. 북토크를 할 때마다
생각한다. 고작 나의 이야기를 듣기 위해서 여기까지
와주시다니. 평일 저녁과 주말의 달콤한 시간을
떼어가면서까지.

모객에 앞서 미리 체념한 적도 있다. 아무도 오지 않을
수 있다. 다들 바쁠 거야. 날씨도 좋고 갈 데도 많으니까.
실망할까 봐 선수 치는 비겁함. 비겁해진 게 부끄러워 소리

내어 말해본다. 한 사람이 와도 백 명을 만나는 것처럼
모시자. 먼 곳까지 오기로 한 이들을 초라하게 만들지 말자.

시간이 가장 비싼 가치가 돼가는 이 시대에, 걸음만큼
대체 불가능한 응원은 없다.

"여러분께 유년의 이미지는 무엇인가요?"

내가 물었고 성인이 되지 않은 독자가 입을 열었다. **제가
유년에 대해 이야기하기엔 지난 지 얼마 안 돼서……**. 모두
웃었다.

다른 독자도 유년의 기억을 꺼내놓는다.

**하얗게 뒤덮인 언덕이 떠올라요. 음성에 살았는데,
눈이 참 많이 왔거든요. 그때마다 아빠랑 동생이랑 설원을
뛰어다녔어요. 그 넓은 언덕에 우리만 있었는데 발이 빠지는
느낌, 서걱이는 소리, 온도 같은 게 생각나요.**

**저는 유년의 기억이 잘 나지 않아요. 빨리 지나가길 바랐나
봐요.**

소년이 소년을 ✣

나무 밑에 서서 바람이 이사하는 광경을 본다. 끝없이
태어나는 새 윤곽을. 나무는 온몸을 다해 움직이고 몸을
쓰지 않는 것처럼 움직인다. 나무가 나무를 안는다.
바람과 나무가 안는다. 살고 싶다. 두 팔이 나무를 덮는다.
깍지를 끼고 나무의 살갗에 귀를 갖다 댄다. 나무도
그것을 듣는다. 나이를 제법 먹은 갈비뼈를 쓸어내리면
유년기 냄새가 난다. 나뭇가지 하나 들고 누울 자리를
찾던 소년이 오래된 자신을 건너편에서 본다. 소년은
머리가 짧다. 옆 동에 살던 수염 덥수룩한 아저씨는 지금
무슨 생각을 할까. 어떻게 숨 쉬더라. 어떻게 느끼더라. 한
번 느끼고 나면 자꾸 느끼고 싶어진다. 우리는 여태 그런
일을 한다. 여름잠에 든다. 세계는 고요하고 빛이 이사
오고 계절이 조금 지나간다. 얼마나 잤지. 너를 초대하고
싶어. 울창하고 싶어. 새 무늬를 갖고 싶어. 탐나고 싶고
탐내고 싶어. 눈이 감긴다. 어떻게 깨는 거더라. 오랜

✣ 이훤, 「소년이 소년을」, 『양눈잡이』, 아침달, 2022.

잠을. 일어나면 무슨 요일인지 기억나지 않는다. 눈에는
새 소년의 윤곽이. 윤곽은 모든 것의 시작. 내가 몇
살이었더라. 무엇이었더라. 소년과 소년은 안는다. 소년이
소년을 안는 것이기도 하다.

  이 시를 쓰기로 한 건, 유년의 광경이 대부분 찢어지거나
흐려졌기 때문이다. 몇 남지 않았기 때문이다. 축구하러
모였던 모래 공터와 벤치에서 한 생일 파티가 전부다. 분명
크고 작은 사건들이 있었다. 좋아했던 공간과 친구들도
있었다. 기억들이 만져지지 않을 뿐. 지나간 나와 책을 펼칠
누군가의 유년에게 또 하나의 시공간을 만들어 건네고
싶었다.
  박연준 시인이 썼듯 유년은 불시에 되돌아오고 어디에든
박혀 있지만. "지나갔다고 생각하는 순간, 다 컸다고
착각하는 틈을 비집고 돌아와 현재를 헤집어놓"지만. ✢

  유년과 쇼핑몰 사이 어디쯤에서 경청해주는 독자들에게

✢ 박연준, 『여름과 루비』, 은행나무, 2022.

계속 이야기를 건넨다.

"이십대는 통째로 타국에서 보냈습니다. 새 언어를 배우고 피부도 옷차림도 음식도 다른 사람들 사이에서 새 자아를 갖게 됐지요. 복잡한 시간이었어요. 제 안에 어떤 시선이 죽고 새 시선이 생기기도 했고요. 그럼에도, 마지막 다섯 해 동안은 하나의 화두에 몰두했습니다. 단절감.

단절감은 단순히 끊어져 있다는 느낌보다 더 많은 모습으로 일어났습니다. 함께 있을 때도 나만 보이지 않는 경험으로, 가장 말하고 싶은 언어와 분절된 감각으로 찾아왔어요.

이상했습니다. 분명 잘 지내는데, 내 일부를 떼어둔 뒤 오랫동안 열람하지 않은 채 보낸 것 같았습니다.

타자뿐 아니라 나와 나 사이에도 크고 작은 단절이 일어납니다. 조류처럼요. 물이 계속 자신으로부터 끊어지고 다시 그 안팎으로 만들어지듯이요."

시집 『우리 너무 절박해지지 말아요』를 그때 썼다. '살고' 싶어서 쓴 시들이다. 더 이상 어떻게 살아야 할 줄 도저히 모르겠어서 쳤던 몸부림이 거기 있다. 절망하며 쓴 한 편한 편이 모여 책이 되니 그 시절을 대변하는 애틋한 물성인 동시에 다시 열어보고 싶지 않은 방이 되었다.

어떤 일기나 사진보다 이 시집은 모호하고 언어화되지 않은 뒤죽박죽인 상태를 정확하게 담고 있다. 나만 알 수 있는 방식으로 쓰였고, 모두가 알아들을 수 있는 장면도 지니고 있다. 그러니까 나만의 것이라고는 할 수 없다. 같은 문장을 읽고도 사람들은 너무 다른 이미지를 전해주었다. 이민 경험이 있는 이들에게 연락을 많이 받았다. 내 시집에 대한 누군가의 감상이, 한 번도 보지 못한 데로 나를 데려갔다. 같은 책에서 출발해 우리는 다르게 이동하고 또 만났다. 시집이어서 가능한 일이었다. 책이 계속 그런 매개가 될 수 있다면.

이후의 화자들과 나의 너머를 기록한 『양눈잡이』는 시간의 흐름을 증거하는 책이 되었다. 시간을 통과하는 일은 타인과의 맞닥뜨림을 전제한다.

"덕분에 저는 여기저기로 다녀옵니다. 특히 4부에서는

비슷해 보이지만 알고 보면 다 다른 이민자들을
데려왔어요. 여러 화자의 목소리를 빌리면 훨씬 더 많은
목소리로 같은 다리를 건널 수 있습니다.

　그중 한 사람은 로리입니다."

　로리,
　아직 나는 무기력을 배우는 학생입니다
　그것을 이해하기 위해 아무것도 하지 않고 있어요
　무기력한 나와 성실해지는 나를 구분하려고
　몇 달째 누워 있어요
　지기로 하는 겁니다
　한 시절의 친구들 사라졌고 한편 그걸 바랐습니다
　저마다 서운함을 토로하겠지만
　우리는 이제 정말 다른 사람들 같아요
　(…)
　입은 하나이고 눈이 두 개여서
　우리는 모자랍니다
　둔덕에 누워 같이 보자고 했어요

보자고

침묵이

불편하지 않은 사람이 되자고

(⋯)

당신이 온다면 그런 건 중요하지 않지만✢

"근래 기억에 남아 있는 타인은 누구인가요?"

낭독회에서는 방금 만난 사람에게도 그런 질문을 건넬 수 있다. 다들 진짜로 어디서 누굴 만나며 사는지 듣고 싶은데, 왜인지 점점 삼가게 된다. 어떤 자리에서는 조금 더 용기가 난다.

두 나라에 살며 여러 친구를 사귀었다는 독자가 답했다. **요즘은 가까이 있는 사람들을 봅니다. 가족들도 타인, 가장 가까운 타인이라고, 어쩌면 그들과 함께할 시간이 많지 않다고 생각하게 됐어요.**

나는 답했다. "그렇죠, 부모에게 남아 있는 시간이

✢ 이훤, 「로리」, 『양눈잡이』, 아침달, 2022, 부분.

한정돼 있다는 걸 저도 기억하려 해요." 그러자 그가
덧붙였다.

맞아요. 부모 그리고 저희 모두요.

아차. 상대적으로 어린 우리에게도 어떤 일이 일어날지
알 수 없다. 자판기처럼 내일을 선택할 수 있는 인간은
없다.

안경 쓴 독자가 손을 든다. 어렸을 때부터 그림을
그려왔다고 한다. **더 강렬하게 그리고 싶은 마음을 원했어요.**
무언가 주고받을 수 있는 뮤즈도 오랫동안 찾았고요.
그런데 얼마 전 그런 사람을 만난 것 같아요. 우리는 일제히
축하해주었다.

검붉은 니트를 입은 뒷줄의 독자는 나지막이 말했다.
저는 어머니요. 흥이 넘치셨거든요. 끼가 많으셨어요.
어렸을 적 부르시던 노래들이 50년이 지나니까 맴돌아요.
그 생각이 날 때마다 노래를 부른다고 했다.

전부 다른 사람을 떠올린 게 좋았다.

흰 님은 쓴 시들을 전부 기억하세요?

그림 그리는 독자분이 물으셨다.

내가 쓴 문장뿐 아니라 모든 노래 가사를 틀리는 나는 망연자실한 표정으로 고개를 저었다. 독자들이 웃었다.

혹시 비슷하신지 궁금해서 여쭸어요. 작업을 시작한 지 아직 오래되지 않아서인지, 어떤 마음으로 그렸는지 한 획 한 획이 다 기억나거든요.

다른 문장은 몰라도 그 말은 오래 기억하게 될 것 같다.

사진으로 쓴 5부의 시에 대해 이야기 나누었다.

어떤 이야기는 말을 경유하기 싫었다. 연쇄하는 이미지로 들려주고 싶었다. 열어둔 사진 안에서 무엇을 볼지는 독자가 결정한다. 그러니까 피사체를 정확히 파악하는 게 중요하지는 않다. 누군가는 죽은 물고기 떼를 보았다. 누군가는 세트장을 그렸다. 누군가는 사막이라고 했다. 시가 잘 기능하고 있다고 느꼈다.

증언은 다 다르게 기억되므로 전부 다른 걸 보고 목격해주길 바랐다. 우리가 모아온 풍경들은 어떤 식으로든 흩어진다.

스웨터를 입은 중년의 독자님께서 마지막으로 말문을
열었다.

**저는 사실 시가 어려워요. 이해되지 않는 게 너무
많아서 우리가 이렇게까지 다른가 싶어요. 어떨 때는 그게
무섭게 느껴지기도 하고. 어떻게 할까요?**

나도 오래 품었던 질문이었다.

"무섭죠. 무서운 일 맞는 것 같아요. 우리와 다른
누군가를 볼 때 두려운 건 아마 본능일 거예요. 다칠 것
같고. 몰랐던 세계를 알게 될 것 같고. 예감들이 마구
생겨나잖아요. 저도 자주 무서워요.

근데 다 알아주지 않아도 되는 자유가 시에 있는 것
같아요. 문장과 문장이 멀찌감치 떨어져 있기도 하고
어차피 타인을 다 이해 못하잖아요. 자기 결대로 읽어도
괜찮아요. 엉뚱한 풍경을 챙겨 나와도 되고요.

저는 그래서 놀이기구 타듯이 읽기로 했어요. 놀이기구
타면 전부 느껴지잖아요. 한참 오래 걸리는 첫 오르막,
정점, 낙하할 때 가슴 속에서 날 간지럽히는 개구리. 설명이

어려운 그 상태를 하나하나 다 이해하려 하지는 않잖아요.
그냥 거기서, 느껴지는 걸 경험하잖아요. 어렴풋하게
이미지가 남지요.

시도 비슷한 것 같아요. 우선 몸을 맡기고 따라가다 보면
빠르게 지나간 장면이나 문장에 머물지도 몰라요. 운이
좋으면 묘하게 바로 그 이미지 덕분에 세상이 조금 다르게
느껴지고. 그거면 된다고 생각해요. 설명이 어려운 마음을
언어화하는 시도이기 때문에……

시가 개인적으로 체험되고 다 다르게 남는다는 게,
그래도 된다는 게, 저는 좋아요. 같은 언어 앞에서 우리가
이토록 다른 것을 보고 기억하기로 한다는 게."

그의 눈빛은 무언가를 떠올린 듯했고, 나도 무언가를
떠올렸다. 아마도 우린 다른 생각을 하고 있었을 테지만
그게 좋았다. 그건 어느 시에서 본 적 있는 장면 같았다.

텍스트 스피너

　다치지 않을 만큼 뾰족하거나 끝이 뭉툭한 무언가를
손에 쥔다. 그게 무어든.
　펜 뚜껑, 육각형 이어 커프, 계약서에서 떨어져 나온
종이 클립. 물성은 다르지만 손끝으로 만지고 있으면
안심이 된다. 마음만큼 통제와 어울리지 않는 단어가
없지만 어떤 순간에는 지푸라기라도 잡고 싶다.

　언젠가는 피짓 스피너 열풍이 불었다. 손가락 사이로
회전하는 고정형 팽이 같은 건데, 엄지와 중지로 위아래를
고정한 채 검지로 바람개비를 돌린다. 새끼손가락보다 작은
날개가 돌아가는 걸 가만히 본다. 그게 뭐라고 성인 아이
가리지 않고 하나씩 들고 다녔다. 완벽주의자에 냉혈한인
줄로 알았던 우주항공학과 교수 러펀도 들고 다니던

걸 보면 하나의 현상이라고 할 만했다. 돌이켜 보면 왜 그랬는지 알 것 같기도. 러핀도 러핀 아닌 것에 집중하고 싶었겠지. 레이싱 트랙 안으로 바짝 도는 바퀴처럼 스스로를 운행하고 싶은 동시에 우리는 어떻게든 우리를 이탈하고 싶다. 회전하는 것들이 원심력과 구심력을 모두 갖듯.

그런 종류의 경험은 대개 시간을 요구하지만 3천 원 남짓한 바람개비를 돌리며 우리로부터 분산될 수 있다면 어찌 기꺼이 사지 않을까. 나중에 피짓 스피너가 납 중독을 일으킬 수도 있다는 뉴스가 방영되었고 그게 왜 그렇게 코미디 같았는지. 나는 긴장되는 미팅에 들어갈 때 만년필을 꼭 챙긴다. 손바닥 안에서 펜 뚜껑을 굴리다 보면 스스로가 조금 더 자연스러워 보인다고 생각해본다.

스피너처럼 돌지 않아도 손으로 만질 수 있는 텍스트를 원했다. 책 아닌 다른 몸을 가진 텍스트를 손바닥 안에서 굴리고 싶었다. 루빅스 큐브처럼 갈라지고 움직이는— 마주 보는 것들의 순서가 바뀌어도 그리 어색하지 않은— 물성을 원했다.

그래서 이번 주에는 텍스트 스피너를 만들었다.

0. 계시

〈듄: 파트2〉에는 이런 이야기가 나온다. 이제 비전이 분명해졌고, 나는 가능한 미래를 한꺼번에 본다고. 거기엔 좁은 길이 있다.

1. 3D 안경

많은 책을 읽기 시작해 오랫동안 읽고 있다. 완독을 잘 못 한다는 얘기다. 여러 작가를 맞닥뜨리고 싶고, 끝냈다는 성취에 구애받지 않고 읽고 싶고, 변덕이 심하기 때문이다.

어쨌거나 텍스트를 통한 만남은 조금 형이상학적인 데가 있다. 작고한 19세기의 작가든, 타국의 작가든, 15분 거리에 사는 동료 작가든 그들의 문장을 읽으면

여러 번의 친교보다 훨씬 더 친밀하게 느껴지기도 한다. 이제는 유대감이 뭔지 잘 모르겠다. 사교할 때도 개인적인 이야기는 얼마든지 나누는데, 텍스트는 왜 이렇게 강렬할까. 한편 이전부터 알고 지내온 동료들의 책은 개인적 만남 이후 더 아리송해지기도 한다. 우리는 여러 방식으로 서로를 들인다. 들이고 또 문밖에 남겨둔다.

수백만 권 저서 중 어쨌든 우리가 만나는 건 소수다. 아내와 대화를 나누다 이 만남을 귀중히 여겨야겠다는 생각이 들었다. 그는 올해 완독한 책과 독서 중인 책들을 정리한 목록을 이미 만들었다. 돌이켜 보면 페이지 모서리를 접어둔 것만으로는 기억이 잘 나지 않는다. 책을 빌려주었다가 못 받는 경우도 많고 밑줄 친 문장들은 떠오르지 않으면 왜인지 소실한 것만 같다. 만난 사람을 잊는 건 그러려니 하게 되는데 만난 책을 잃어버렸다 생각하면 조금 속상하다. 시간을 함께 잃어버린 듯 느껴진다.

목록을 만들기 시작했다. 근래 읽는 중인 책은……『패터슨』『진정한 우정』『지옥보다 더 아래』『친애하는 미스터 최』『쓰기 일기』『우리 그때 말한 거 있잖아』
『항상 조금 추운 극장』『기대어 버티기』『죽는 게 뭐라고』
『Sincerely,』『오로라 콜』…… 문체부터 분량까지 전부
제각각인데 내 안에 함께 거주한다. 제목뿐 아니라 서사와
화자들이 오묘하고 이상하게 뒤섞여 산다. 아파트 주민들의
모임처럼. 어떤 날은 독서 중에 상관없는 두 책의 여러
인물이 교차한다. 교차하며 그들은 갑자기 가까워지거나
갑자기 아주 멀어진다. 영화 관람처럼 책을 오간다.

　　치즈처럼 엉겨 있는 텍스트 사이로 나는 다음 새 책을
집어 든다. 모르는 인물의 얼굴을 하고 안경을 쓴 채 그 세계
속에 목을 비집어 넣는다.

2. 농담

　　"조개 같은 거 먹을 때, 하나님이 장난꾸러기라고
생각했어."

3. 안경점

어떻게 이걸 매일 아무렇지 않게 눈에 넣어온 거야?

위쪽 눈꺼풀을 왼손 검지로 잡고, 아래쪽 눈꺼풀을 왼손 중지로 잡아요.

그러고 나서 오른 검지에 렌즈를 올려요.

천천히 넣으면 돼요. 그게 다예요.

선생님은 손쉽게 넣었다 뺐지만, 가까워지기도 한참 전부터 눈꺼풀이 벌새 날개처럼 흔들리고 감긴다.

어어? 눈을 뜨고 있어야죠. 콘택트렌즈가 들어가려면.

고양이 둘과 살며 나는 인간이 상대적으로 얼마큼 느린 존재인지 자주 생각한다. 뱀이나 쥐는커녕 모기 잡는 일도 번번이 실패하는 우리가 고양이를 키우다니(덩치는 크지만 어딘가 모자란 고양이쯤으로 인간을 여긴다고 들었다). 육체적으론 여러모로 열등하지만 눈꺼풀만은, 인간은 눈꺼풀만은, 아직 살아 있는 조개의 껍데기처럼 신속하게

반응하는구나. 모두가 나를 쳐다보는 안경점에서

생각한다. 손끝이 10센티미터보다 멀리 있는데 벌써부터

빠르게 깜빡인다. 눈 안에 무언가를 넣는다니? 그것만큼

부자연스러운 게 어딨나. 인간은 정말 이상하다. 나는 수십

번도 넘게 실패한다. 기필코 무어든 막아내려는 자처럼

망막은 자신을 닫는다. 지킬 것 많은 자는 몸을 사린다.

수천 년 동안 만들어진 본능을 내가 어떻게 한 시간 만에

극복할까.

4. 깜빡할 사이

5. 대나무 숲

4월 첫날에는 어떤 말이든 얼버무릴 당위가 생긴다. 서로의 말을 가벼이 여길 수 있게 된 자들은 생각한다. 만우절 편한데?

의심과 상상이 대나무처럼 자라는 동안 어떤 사람은 거짓말 아니라고 목놓아 외친다. 한편 페이스북에 성이 다른 아내의 계정(이슬아 사진을 프로필에 걸어둔 김슬아 씨)이 생겼고, 플랫폼 투비컨티뉴드에는 금정연 작가가 거짓말처럼 연재를 다시 시작했고, 지지난주 내가 발행한 〈채소 감상문〉은 사실 대한채소협회에서 소정의 고료를 받고 썼다.

6. 꼬릿내

봄이 온 줄 어떻게 알았느냐면, 집에 도착하기 한참 전부터 라일락 냄새가 난다. 이런 향은 라일락밖에 없다. 달큰한데 어딘가 비릿하고 거부감이 느껴지면서도 자꾸 앞에 다가가고 싶다. 아름다운 것들에서는 꼬릿내가 난다.
어떤 종류의 슬픔과도 닮았다. 그들은 불시에 찾아오니
조심해. 그것에 중독되지 않게 조심해.

7. 사고들

용산에 있는 아이맥스관에 가서 〈듄: 파트2〉를 다시
봤다. 같은 영화를 또 보기 위해 영화관을 찾은 건
청소년 시절 이후로 20년 만이다. 아이맥스관도, 그렇게
거대한 스크린도 처음이었다. 코로나 이후 주로 집에서
영화를 봐온 우리는 입이 떡 벌어진 채 극장에 처음 간
사람들처럼 충격받았다. 가족과 〈쥬라기 공원〉 1편을
봤던 소도시의 작은 극장으로 나는 돌아갔다. 부엌으로
침입한 벨로시랩터로부터 달아나던 아이는 롯데타워만 한
사막 벌레 샤이 훌루드가 모래를 가르며 끝이 보이지 않는
사막을 횡단하는 걸 본다. 용산에 앉아 샤이 훌루드의 나무
같은 피부에 곡괭이를 걸고 그를 몬다. 마스크를 썼지만
폭풍 때문에 입에 모래가 들어간다. 사막 모래는 가늘어서

액체처럼 넘어간다. 부드러운데? 샤이 훌루드에서 내려오면
나는 조금 달라져 있다. 영화는 우리 몸과 시공간을
마음대로 찌그러뜨리거나 팽창시킨다. 공룡과 뛰어다니던
첫 시네마 이후 우리는 너무 많은 계단과 노래와 기쁨과
누명과 열기와 지지부진한 표정을 건넜다.

그리고 어느 날, 사고처럼 비슷한 장면 앞으로 다시
돌아온다.

8. 약속

한편 〈우리의 지구2〉에서는 이런 이야기를 보았다.
올리브각시거북들은 열다섯 살이 될 때까지 태평양에서
홀로 먹이를 먹으며 성장한다. 저마다 수십만 킬로미터를
여행하다 어느 날, 항로를 바꾸어 자신들이 부화한
바닷가로 기나긴 여행을 시작한다. 태어나 처음으로
동족과 만난다. 25만 마리나 되는 그들은 거북이
모임으로는 지구에서 가장 큰 규모다.

어쩌면 나도 중요한 무언가를 쓸 거다. **당신이 나를 찾길**
잘했다고 여길 만큼 아름다운 무언가를 만들 거다.

그런 예감이 오랜만에 들었다.

걸작 앞에서 나는 창작자로서 좌절하지만 어떤 뛰어난
영화를 보면 용기가 길쭉하게 솟는다. 내가 누가 되고
싶은지 저들은 어떻게 알고 있을까? 너무 강렬해서 그
세계를 동경하게 만드는 동시에 그것과 내가 별로 멀지
않다고 느낀다. 문학이 그렇듯 훌륭한 영화에는 길목이
많다. 길은 좁아졌다가 넓어지기를 반복한다.

밤의 냉기와 뾰족한 창 끝 앞에서, 당신들의 이토록
사나운 기후와 표정 앞에서 나는 여러 사람이다. 제3관의

관객들은 잠시 웅숭깊어진다.

　오늘은 2700년대 사막에 다녀왔다. 나가면 당장
모래바람이 불까 봐 마스크와 손수건을 주섬주섬 챙겼다.
좋은 영화 앞에서는 잘 잊게 된다. 나의 결함 같은 건
보이지 않는다. 나의 작은 고민들이 거대한 세계 앞에
지워진다. 어떤 때는 숨겨둔 나와 영화가 정확히 포개어져
부끄럽다. 어쨌거나 오늘 해야 할 목록과 지금 나를
구성하는 것들 전부를 영화관 의자 밑에 넣어두고 화면
속으로 뛰어 들어간다.

　몇십만 병정. 함성. 칼 같은 정적. 섬려하게 교차하는
음악과 이미지 사이로 터져 나오는 절규에 이입하다 말고
관객인 내가 작가인 나에게 빠르게 지령을 전달한다. 네
이야기에 저런 숨을 만들어.

　어쩌면 오늘 밤 그런 이야기를 만들 수도 있다. 아니,
만들 거다. 혹여 그 기분이 달아날까 가방 깊숙이 욱여넣고
에스컬레이터 위를 달려 서둘러 돌아왔다. 도착하자마자

베개 사이에 고이 접어두고 혹시라도 꺼질까 난로를
켜두었다. 샤워를 마치고 돌아왔다. 마침내 침대에
앉았는데 눈을 끔뻑이면서 깼다.

아침이네.

그럼에도 쓰고 말 것이다. 드니 빌뇌브가 만든 영화 같은
문장을. 아파트만 한 사막 생명체 위에 올라타 있는 기분을
세 시간 가까이 선사할, 가져본 적 없는 이미지를.

그런데 무엇에 대해 쓰려고 했지? 아주 중요한 메시지가
있었는데. 영화가 끝났을 때, 아주 분명한 상이 내 안에
맺혀 있었는데. 크레디트가 올라가는 동안에도 나를
일어나지 못하게 했던 바로 그거. 그 힘과 닮은 무언가가 내
안에서 끓었는데.

불이다. 불로 시작하는 문장을 써보자.

불이 타고 난 자리에는 두 종류의 속도가 남는다. 그을리기

전 자신의 모든 것을 기억하느라 새까맣게 변한 땅. 거기
남은 자들의 속도. 그리고 오래 타서, 얇아지고 가벼워진 채
날아가는 이들의 속도. 나는 대체로 전자의 얼굴로 어제를
거닐다가 후자의 보폭으로 한 해를 맺는다.

너무 비장하게 쓴 걸까? 불이 방금 본 영화와 먼
이미지는 아니지만 그로부터 매혹적인 한 편을 쓰는 건
역시 어렵겠다. 방향을 틀어 다른 이야기를 써보자.

〈눈에 보이지 않지만, 보이지 않으므로, 나를 두렵게
하는 것들의 목록〉

세균

자자, 지금부터 인구조사를 하겠습니다. 이 동네에
가장 많이 거주하는 종은 바이러스류로 밝혀졌습니다.
고양이 털에 상주하는 먼지 3만여 가구, 화장실 배수구를
오가는 곰팡이 40만여 가구, 인터넷 회로와 노트북 사이로
발생하는 디지털 쓰레기 3천여 종.

무엇이 당신을 불안하게 합니까?

징후들요. 우리가 사실은 절대자가 만든 세계의
시뮬레이션일 뿐이라는 전조들요. 그렇지 않고서는 어떻게
매일 아침과 밤이 생겨나고 백 개 넘는 언어가 존재하고
행성들이 약속이라도 한 듯 같은 궤도를 돌까요. 어찌
설명할까요, 꿈에서 본 장면 그대로 살고 있는 그를요.
예측을 빗나가지 않고 오래된 우리를 반복하는 우리를요.
살아온 시간이 전부 가짜였을까 봐 무서워요. 사실은 내
것이 아니었을까 봐.

그러니까 **신**이 두렵다는 거죠? 이 모든 걸 만들었을?

사실 가장 두려운 건 매일 무언가를 만들고 싶다는
강박이에요. 잘하고 싶은 마음. 그것만큼 뜨겁고
지긋지긋한 연료도 없죠. 매일 델 지경이에요.

이번에는 정말 좋은 책을 쓰고 싶어요. 자랑스러운
책을 만들고 싶어요. 그리고 이번 책은 불티나게 팔리면
좋겠어요. 지난번 낸 책은 동료들이 상찬해주었지만

그렇게까지 많이 팔리진 않았죠. 이건 엄살이 아니에요.
출판계에서는 왕왕 이런 종류의 엄살을 떨지만 나는
진짜예요.

쓰다 보면 균열이 생긴 수도관처럼 줄줄 새는 자의식.
그럼에도 나열은 효과적이다. 쓰는 동안 갈 곳 없을 때
가끔 나를 구원하는 사다리다. 사방이 벽으로 둘러싸였을
때 거기 설치하면 첫 번째 주자가 다음 화자를 불러온다.
다음 화자는 뜻밖의 인물을 나에게 알려준다. 그렇게
세균에서 편집자와 마감이라는 키워드까지 갈 수 있다.
하지만 이런 식으로 몇 명이나 더 만날 수 있을까?

**당신은 시인이잖아. 그럼 영화에서 시작하는 시를 쓰는 건
어때.**

무어라도 하겠어 이 세계를 지킬 수 있다면

너를 지키고

당신이 속하기로 한

사막이 될 수 있다면

나는 거대한 땅이니까

협곡이고

모래 사이로 스며드는 바람이고

땅을 깨우는 파동이니까

사막은 우릴 지키고 우리는

우리가 만든 시간을 수호할 거야

그게 거짓이 될 줄 알면서

걔는 그렇게 말했다

믿음은 우연히 촉발된다

거기 있었다는 이유만으로

연결과 믿음

우리를 해부하는 끝이 무딘 칼

눈을 치켜뜨지만

결국 우리는 믿고 싶어서

말은 맹렬하게 마음이 향하는 쪽으로

널 숭배하고 싶어

그러지 마

그러고 싶어

무엇을 믿고 싶어?

여기 있었다는 거

한달음에 당신과 내가 이 시절을 건넜다는 거

그리고 어쩌면 네가 떠날 거라는 거

크고 작은 죽음이

북쪽에서 날아온다

검은 지빠귀들은

고개를 들고

둘은 우선 보이는 걸 보기로 한다

누구도 영원히 눈에 띌 수는 없다. 그리고 나는
인간이 다수의 눈에 띄지 않는 상태일 때 더 중요한
진실을 품는다고 믿게 되었다. 그들에 대한 글과 사진이
필요하다는 믿음에서 이 책은 시작되었다.

온라인 서점 알라딘 '투비컨티뉴드'와 YES24
'채널예스'에 기고한 연재 일부, 문예지, 잡지 등에 수록한
산문을 다듬어 실었다. 따라 읽어준 독자들 덕분에
원고를 쌓을 수 있었다. 책으로 만날 이들을 위해 여러
편을 새로 쓰고 더했다.

파트너이자 뛰어난 동료인 이슬아가 없었다면 이 책은
완성하지 못했을 거다. 언제나 친절하고 엄격한 첫 번째

독자가 되어주고 느려터진 나를 있는 그대로 좋아해준 덕분에 자주 용기를 냈다. 존재 방식을 옹호받는 것만으로 많은 것이 바뀐다. 이 책의 제목을 포함해 그는 소중한 걸 쥐여주는 사람이다.

쓰고 묶는 동안 원고를 읽어준 동료들에게도 깊은 고마움을 전한다. 특히 책의 방향을 함께 고민해준 친구 김사월에게 감사와 우정을 보낸다.

처음을 있게 해준 박선우 성혜현 편집자, 원고를 섬려하게 살피며 이 책을 다시 믿게 해준 이하나 편집장 덕분에 책이 더 아름다워졌다. 마음산책에서 펴낸 책을 읽으며 작가가 되었다. 눈 밝은 편집자이자 마음산책을 이끌어온 정은숙 대표님께도 깊은 존경과 고마움을 전하고 싶다.

마지막을 가능하게 한 건 독자들이다.
알아보아주어 기쁘다. 나도 당신을 알아보고 싶다.

÷ 사진 목록

11쪽 **말은 맹렬하게 마음이
향하는 쪽으로**
Pigment, 100×30in, 2023

44쪽 **밤아침**
Pigment, 24×19in, 2023

45쪽 **국경의 이름들**
Pigment, 24×24in, 2024

71쪽 **어디서나 우리는 서로를
조금씩 빌려주고
되돌려받지**
Pigment, 62×39in, 2024

72쪽 **불안 주머니**
Pigment, 25×40in, 2023

73쪽 **낮은 합창**
Pigment, 25×40in, 2023

123쪽 **차고 넓고 느린 귤**
Pigment, 19×29in, 2024

124쪽 **돌나무**
Pigment, 95×63in, 2024

125쪽 **이 언어는
당신의 종착지가
아닙니다**
Pigment, 31×48in, 2024

188쪽 **엄마 I**
Pigment, 29×21in, 2022

189쪽 **엄마 II**
Pigment, 29×28in, 2023

195쪽 **그래도 보인다는 게
중요합니다**
Pigment, 50×50in, 2022

197쪽 **너무 많은 언어를
이해하는 기계**
Pigment, 32×32in, 2022

201쪽 **타국인의 시**
Pigment, 41×31in, 2022

203쪽 **증언 II**
Pigment, 38×30in, 2023

219쪽 **텍스트 스피너**
Pigment, 36×4in, 2023

223쪽 **망막은 자신을 닫는다**
Pigment, 55×55in, 2024

223쪽 **눈 깜빡할 사이**
Pigment, 20×12in, 2024

239쪽 **무엇을 믿고 싶어?**
Pigment, 30×30in, 2019